艺术与设计学科博士文丛

山东省高水平学科「高峰学科」建设项目

总主编 潘鲁生

主编 董占军

灵动与诗性

蒋和森《红楼梦论稿》的追问与探寻

彭文雅 著

山东教育出版社

·济南·

图书在版编目（CIP）数据

灵动与诗性：蒋和森《红楼梦论稿》的追问与探寻 / 彭文雅著 . —济南：山东教育出版社，2023.9

（艺术与设计学科博士文丛 / 潘鲁生总主编）

ISBN 978-7-5701-2664-4

Ⅰ.①灵… Ⅱ.①彭… Ⅲ.①《红楼梦》研究 Ⅳ.①I207.411

中国国家版本馆CIP数据核字（2023）第176512号

YISHU YU SHEJI XUEKE BOSHI WENCONG

LINGDONG YU SHIXING——JIANG HESEN《HONGLOUMENG LUNGAO》DE ZHUIWEN YU TANXUN

艺术与设计学科博士文丛　　　　　　潘鲁生/总主编　董占军/主编

灵动与诗性——蒋和森《红楼梦论稿》的追问与探寻　　　　　　彭文雅/著

主管单位：山东出版传媒股份有限公司

出版发行：山东教育出版社

地址：济南市市中区二环南路 2066 号 4 区 1 号　　邮编：250003

电话：（0531）82092660　　网址：www.sjs.com.cn

印　　刷：山东星海彩印有限公司

版　　次：2023 年 9 月第 1 版

印　　次：2023 年 9 月第 1 次印刷

开　　本：710 毫米 × 1000 毫米　1/16

印　　张：11.25

字　　数：206 千

定　　价：39.00 元

（如印装质量有问题，请与印刷厂联系调换）印厂电话：0531-88881100

总 序

　　时光荏苒，社会变迁，中国社会自近现代以来经历了从农耕文明到工业文明、从自给自足的小农经济到市场化的商品经济等一系列深层转型和变革，人们的生活方式、思想文化、消费观念、审美趣味也随之变迁。艺术与设计是一个具体的领域、一个生动的载体，承载和阐释着传统与现代、历史与未来、文化与科技、有形器物与无形精神的交织演进。如何深入地认识和理解艺术与设计学科，厘定其中理路，剖析内在动因，阐释社会历史与生活巨流形之于艺术与设计的规律和影响，不断回溯和认识关键的节点、重要的因素、有影响的人和事以及有意义的现象，并将其启示投入今天的艺术与设计发展，是艺术与设计专业领域学人的责任和使命。

　　当前，国家高度重视文化建设，习近平总书记深刻阐释并强调"坚持创造性转化、创新性发展，不断铸就中华文化新辉煌"，从中华民族伟大复兴的历史意义和战略意义上推进文化发展。新时代，艺术与设计以艺术意象展现文脉，以设计语言沟通传统，诠释中国气派，塑造中国风格，展示中国精神，成为传承发展中华优秀传统文化的重要桥梁；艺术与设计求解现实命题，深化民生视角，激发产业动能，在文化进步、产业发展、乡村振兴、现代城市建设中发挥重要作用，成为生产性服务业和提升国家文化软实力的重要组成部分。关注现实发展的趋势与动态，对艺术与设计做出从现象到路径与规律的理论剖析，形成实践策略并推动理论体系的建构与发展，探索推进设计教育、设计文化等方面承前启后的深层实践，也是艺术与设计领域学者和教师的使命。

山东工艺美术学院是一所以艺术与设计见长的专业院校，自1973年建校以来，经历了工艺美术行业与设计产业的变迁发展历程，一直以承传造物文脉、植根民间文化、服务社会发展为己任。几十年来，在西方艺术冲击、设计潮流迭变、高等教育扩展等节点，守初心，传文脉，存本质，形成了赓续工艺传统、发展当代设计的办学理念和注重人文情怀与实践创新的教学思路。在新时代争创一流学科建设的历史机遇期，更期通过理论沉淀和人文荟萃提升学校办学层次与人才质量，以守正出新的艺术情怀和匠心独运的创意设计，为新时代艺术与设计一流学科建设提供学术支撑，深化学科内涵和文化底蕴。

鉴于上述时代情境和学校发展实践，我们策划推出这套《艺术与设计学科博士文丛》系列丛书，从山东工艺美术学院具有博士学位的专业教师的博士学位论文中，精选20多部，陆续结集出版，以期赓续学术文脉，夯实学科基础，促进学术深耕，认真总结和凝练实践经验，不断促进理论的建构与升华，在专业领域中有所贡献并进一步反哺教学、培育实践、提升科研。

艺术与设计具有自身的广度和深度。前接晚清余绪，在西方艺术理念和设计思潮的熏染下，无论近代初期视觉启蒙运动中图谱之学与实学实业的相得益彰、早期艺术教育之萌发，还是国粹画派与西洋画派之争，中国社会思潮与现代艺术运动始终纠葛在一起。乃至在整个中国革命与现代化建设进程中，艺术创新与美术革命始终同国家各项事业的发展同步前行。百多年来，前辈学人围绕"工艺与美术""艺术与设计"及"艺术与科学"等诸多时代命题做出了许多深层次理论探讨，这为中国高等艺术教育发展、高端设计人才培养以及社会经济、文化事业的发展提供了必不可少的人才动力。在社会发展进程中，新技术、新观念、新方法不断涌现，学科交叉不单为学界共识，而且已成为高等教育的发展方向。设计之道、艺术之思、图像之学，不断为历史学、文艺学、民俗学、社会学、传媒学等多学科交叉所关注。反之，倡导创意创新的艺术价值观也需要不断吸收和汲取其他学科的文化精神与思维范式。总体来讲，无论西方艺术史论家，还是国内学贤新秀，无不注重对艺术设计与人类文明演进的理论反思，由此为我们打开观察艺术世界的另一扇窗户。在高等艺术教育领域，学科进一步交叉融合，而不同专业人才的引入、融合、发展，极大地促进和推动了复合型人才培养，有利于高校适应社会对艺术人才综合素养的期望和诉求。

基于此，本套《艺术与设计学科博士文丛》以艺术与设计为主线，涉及艺术学、设计学、文艺学、历史学、民俗学、艺术人类学、社会学等多个学科，既有纯粹的艺术理论成果，也有牵涉不同实践层面的多维之作，既有学院派的内在精覃之思考，也有面向社会、深入现实的博雅通识之著述。丛书集合了山东工艺美术学院新一代青年学人的学术智慧与理论探索。希冀这套丛书能够为学校整体发展、学科建设、人才培养和文脉传承注入新的能量和力量，也期待新一代青年学人茁壮成长，共创一流，百尺竿头，更进一步！

潘鲁生

己亥年冬月于历山作坊

序言

　　曹雪芹创作的不朽名著《红楼梦》是我国传统文学经典的重要组成部分，是文学艺术的精粹，是一部具有划时代意义的伟大作品。《红楼梦》自诞生以来就备受关注，不仅红学专家们为之倾倒，广大《红楼梦》爱好者也被深深吸引，跟随研究者们寻微探妙。当下，我国将全面迈入建设社会主义现代化国家的新发展阶段，学术文化也要有新的发展和突破，以适应中国新阶段精神文明发展的需要，红学自然也不例外。

　　《红楼梦论稿》是对《红楼梦》的内容、叙述方式和艺术架构进行品鉴的学术著作。作者蒋和森是一位杰出的作家、文学家，擅长文学和诗歌，也较早接触了马克思主义著作，熟悉马克思主义唯物史观，能够有意识地运用马克思主义美学观点来指导自己的写作。在《红楼梦论稿》中，读者能感受到逻辑严密的理性分析，也能体会到热情澎湃的感性描写。蒋和森对人物的剖析恰当精准，极具研读价值。《红楼梦论稿》主要从美学、历史、社会学、叙事结构等角度对《红楼梦》进行宏观意义上的阐释，这是作者深刻洞察人生、感悟生活的结果，是艺术家对生活诗性裁判的结果。

《红楼梦》主题的多义性与多声部交响，形成了作品的对话性，使《红楼梦》成为一个开放性的文本，成为一种召唤结构，给人们提供了随着时代发展而发展的无限空间。《红楼梦》是典型的审美判断的产物，以人的命运为表现对象，对人生的情感体验给予了深刻而丰富的表现。《红楼梦》的认识价值是通过沟通个别与一般、有限与无限的关系实现的；《红楼梦》的道德价值是通过作家超前的道德意识批判现实的陈腐道德实现的。《红楼梦》借助"情感语言"表达了一种"诗性智慧"，在审美判断的基础上实现了真与善的统一。悲剧主题是《红楼梦》美学的中心问题，蒋和森借用尼采的广义美学，既分析了《红楼梦》悲剧的客观现实，又对《红楼梦》悲剧美的价值进行了定位，在悲剧的内涵上实现了"爱情悲剧与家族悲剧、青春悲剧与人生悲剧、历史意义的悲剧与哲学意义的悲剧"的统一。《红楼梦》悲剧的美学效果的目的不是悲伤或感伤，而是对被毁灭对象价值的肯定。蒋和森对《红楼梦》的相关艺术成就给予了充分的分析，是上述观点的前提。

我在中国艺术研究院招收硕士研究生时，将招生方向定为"艺术美学与《红楼梦》研究"，博士研究生招生方向定为"《红楼梦》与中国古代小说艺术"。随着时代的发展进步，《红楼梦》的研究方法迎来了新的转变。原来的仅将理论研究的着眼点放到文本层面的研究内容和研究方法已经不能满足探索者的需要。只有从历史学、美学、哲学、社会等方面的理论高度全面去分析、理解《红楼梦》的意义，构建全面的《红楼梦》理论分析体系，才能够更加准确地理解《红楼梦》的艺术美学和精神高度。因此，具体到博士研究生培养上，我更注重"艺术美学"和"文论"相结合的培养，注重美学理论的熏陶。在专业学习生活中，注重培养学生对美学精神的掌握、对文学作品创作规律的认知。总体而言，就是加强学生对《红楼梦》及古代经典小说美学的深入研究，提高学生对美学境界、美学理论的领悟能力，实现古代小理论研究的全面发展。

所以，在指导博士研究生的专业学习中，要求学生们博览群书，从各个学科全面探索古代经典小说的艺术语言和艺术风格，在对此进行全方位分析的同时，寻找合适的研究方向，将对古代小说研究的内容予以理论化和艺术化，最终找到自己课题的切入点。从《红楼梦论稿》专题研究角度来说，相对于宏观的古代文论作品，探索式的阐释和分析显得更为重要。

我想，彭文雅对此应该是有深刻领悟的。作为一名博士研究生，在《灵动与诗性——蒋和森〈红楼梦论稿〉的追问与探寻》这部书稿中，她恰当地捕捉到了《红楼梦论稿》的艺术性，以此作为研究切入点展开论述，对《红楼梦论稿》的内容、叙事结构和艺术特征进行了归纳总结，在此基础上对蒋和森的美学思想进行了深入的理论阐释，敏锐地把蒋和森的具体研究内容和中西方相关理论研究方面的某些空白进行有效衔接。因此，暂且不论该书的研究成果，单就其本身所具有的价值来说，已经在《红楼梦》评论的研究方面留下了属于自己的色彩。

《灵动与诗性——蒋和森〈红楼梦论稿〉的追问与探寻》一书是在其博士论文的基础上的扩充、完善。犹记得当初在写博士论文期间，她跑到办公室对我汇报关于蒋和森的研究成果，和我一同探讨还有多少研究空间，如何解决资料缺乏的难题。对于《红楼梦论稿》的审美内涵，我建议她不要局限于从文学方面对其内涵进行阐释，还要注重与艺术理论中的审美理论相结合，窥察蕴含其中的艺术美感。从前期努力、焦灼到后期的自信和灵感，通过辛苦的资料查询、课题框架设计与构建，到动笔直至完成，整个过程是艰苦的。可以说，她的博士论文整个写作过程也是对《红楼梦》的相关研究资料进行全面梳理的过程。在这个过程中，她一方面为人们解读《红楼梦论稿》提供了参照，同时也是对《红楼梦》评论再评价领域中存在的一些不足之处做了合理的填补。

这本书的结构与其博士论文大致是一致的，研究内容主要包含六个部分：第一，《红楼梦论稿》的成书背景；第二，《红楼梦论稿》的版本流变；第三，《红楼梦论稿》的内容和特点，主要是通过对内容的阐述和分析，理解蒋和森学术思想的变革，以及在时代形势和政治环境发生改变后，他对红楼人物和曹雪芹思想的基本态度是否也随之发生了变化；第四，《红楼梦论稿》的诗性解读；第五，20世纪70年代后《红楼梦论稿》的阐释视角和评价体系的变化；第六，《红楼梦论稿》的学术定位及其影响，通过对《红楼梦论稿》

相关研究内容的整理、论证，对其诞生的时代和学术背景、中心思想、艺术特色、不足之处和对后世产生的影响等方面进行归纳总结，在此基础上进一步探索其中蕴含的文学意义和审美范畴，从而全面地诠释其美学价值。当读者们读完这本书时，都会深刻体会到这一点。

对《红楼梦论稿》的学术定位及其影响的论述，是对《红楼梦论稿》深入研究的一个重要方面。社会学为文学批评提供了一种方式，但并不意味着固定于一种模式，使得所有的文学评论局限于这个思维方式。相反，它应该在自身的发展过程中，反思每一个观点的合理性。社会学分析必须能够经过阐释最终回归文本，这个过程离不开读者的检验。而文本在社会学意义上的影响，也因此而形成。从人格思想的判断到社会学意义的生成，对文本进行再评价是不可避免的。毫无疑问，《红楼梦论稿》取得了巨大成就，但是并不是毫无瑕疵的。基于此，本书从社会学的角度出发，专就《红楼梦论稿》中的相关问题进行分析，以期客观地解析它在文学史上的地位和影响。这，大概就是本书研究的意义所在。

在这本书即将出版之际，彭文雅要我为她写篇序言。因为曾指导过她的博士论文，我对此印象颇深，因而触发了一些感慨，写下一些感想。应该说，这本书内容沉博绝丽，辞趣翩翩，令人颇感欣慰，是为序。

孙伟科

2023年6月

前言

　　本书要探究的是一部成书于20世纪50年代末的红学论著《红楼梦论稿》。作者蒋和森在20世纪四五十年代就受到了马克思主义唯物史观的陶冶，以坚实的理论根基为前提，将唯物史观的社会—历史分析方法运用到《红楼梦》的探究中。因此，《红楼梦论稿》在当时产生了极大的学术影响。即便在当代，该书依然具有非凡的影响力。拘于当时的创作背景和写作的历史环境，《红楼梦论稿》中涉及的引文情况有失严谨，模糊之处较多，甚至部分引文与蒋和森注释的"庚辰本"和"程乙本"都不一致。由此我们可知，蒋和森能够查阅的资料非常有限，但他仍然在寥寥可数的资料中精确地捕捉到了《红楼梦》中人物的典型性格，并对他们进行了生动深刻而又富有学术思维的评价。

　　从当今来看，研究红楼人物的论著浩如烟海，但可以与《红楼梦论稿》相抗衡的同类著作寥寥无几。这固然归因于《红楼梦论稿》杰出的论述成就，同时也得力于马克思主义方法论的引导和支撑，但不容忽视的还有蒋和森的阐释视角。在运用马克思主义方法论的同时，他通过对文本认真研究，以人性为出发点，在人物典型性格的分析上着墨甚多。即便是面对与自身的审美观相悖的人物，他也能本着客观的眼光，从特定的社会和历史环境来剖析其性格形成的原因。因此，《红楼梦论稿》在阐释视角上就呈现出了客观性和公平性，其学术论点的可信度也随之增强。即便是在20世纪50年代后期，迫于环境的压力和庸俗社会学的干预，蒋和森在研究视角上有一定的改变，但是秉着对现实主义的敬仰和对《红楼梦》的热爱，蒋和森始终从人性和美的角度来对人物进行品评。

通过对红楼人物的品评，蒋和森也进一步对曹雪芹的人生观和美学观有了更为深入的理解。这是一种良性循环，也是一种对文本思想的回归，这种文学批评的方式在红学界产生了深远的影响。在后来的一些同类著作中，读者依稀可以感受到《红楼梦论稿》的余韵。

目 录

导　言 ≫

一、文献述评

20世纪50年代"批俞运动"之后，红学界对《红楼梦》的关注方向发生了转变，开始由思想批判向艺术鉴赏转移。从50年代末到60年代初，出现了一批针对《红楼梦》的内容进行鉴赏的著作，《红楼梦论稿》就是其中具有代表性的一部作品。作者蒋和森是一位杰出的文学家，他毕业于复旦大学新闻系，对文学和诗歌有着浓厚的兴趣，较早地接触了马克思主义著作，对马克思主义唯物史观非常熟悉，并且有意识地运用马克思主义美学思想来指导自己的写作。《红楼梦论稿》将理性分析和美学鉴赏相结合，对《红楼梦》中的重要人物给予了准确恰当的论述，这种研究成果是极为难得的。鉴于《红楼梦论稿》在红学史上的重要地位，自其诞生以来，多有批评者涉及对该书的再评价问题。笔者通过查阅相关资料，从《红楼梦论稿》的写作背景、版本情况、内容和思想主题等方面进行归纳总结，以期对蒋和森及其《红楼梦论稿》的相关研究有一个客观而又全面的理解和把握。

（一）作者的写作思想及成书背景

《红楼梦论稿》的作者蒋和森是一位杰出的学者，目前能查阅到的相关研究大多是讲述他的学术生涯的。《哭蒋和森》的作者冯其庸与蒋和森私交甚笃，在这篇文章中，冯其庸带着强烈的缅怀之情讲述了《红楼梦论稿》的成书过程[①]，其中对蒋和森写作《红楼梦论稿》的时代背景、蒋和森在20世纪70年代后期重新写作《红楼梦论稿》的状况的描叙尤为翔实可信。作者与蒋和森来往密切，见证了《红楼梦论稿》的写作环境，为我们了解当时的时代背景及其对《红楼梦论稿》写作范式的影响提供了珍贵的信息。同类型的著作还有鲁东武、陶南文的《访红学家、作家蒋和森》，该文讲述了作者专程拜访蒋和森先生的经过，蒋和森先生的身世以及《红楼梦论稿》的成书背景、艺术特点和产生的强烈社会反响。[②]冯其庸的《哭蒋和森》是悼怀文章，其中作者的情感波动较大，相比而言，《访红学家、作家蒋和森》的文笔更为理性，学术性大于抒情性，在论及蒋和森的红学研究时，对《红楼梦论稿》的艺术特色、中心思想、创作特点给予了很高的评价。这篇文章与冯其庸的哀悼作品恰成互补，为我们了解蒋和森的人物生平、创作环境和学术特点提供了丰富的研究材料。

另外一些文章，如周建渝的《怀念我的导师蒋和森先生》[③]、崔德建的《蒋和森先生谈治学门径》[④]、樟叶的《小城作家的阔大视野》[⑤]、何永康的《皓皓之白　察察之身》[⑥]等，也对蒋和森的生平进行了详细的研究，对蒋和森的成长背景、人生经历和治学方法做了详细的论述。虽然其中没有对《红楼梦论稿》进行专门的描述，但对读者了解蒋和森的文学渊源及其品质、人格有重要作用。

---

① 冯其庸：《哭蒋和森》，《红楼梦学刊》1996年第4期，第37-40页。

② 鲁东武、陶南文：《访红学家、作家蒋和森》，《红楼梦学刊》1990年第4期，第165-172页。

③ 周建渝：《怀念我的导师蒋和森先生》，《红楼梦学刊》1996年第4期，第49-52页。

④ 崔德建：《蒋和森先生谈治学门径》，《文史杂志》1988年第2期，第2-3页。

⑤ 樟叶：《小城作家的阔大视野》，《上海艺术家》2002年第3期，第64页。

⑥ 何永康：《皓皓之白　察察之身──在纪念蒋和森先生诞辰75周年暨江苏省红楼梦学会2004年年会上的讲话》，载江苏省红楼梦学会编《红学论文汇编》2004年第1辑，第5-7页。

　　此外，雨虹的《蒋和森学术讨论会在京举行》一文记录了众多专家学者对蒋和森学术成就的讨论结果。该文记叙了蒋和森逝世以后，学界人士对其一生学术成就的回顾和总结情况，包括蒋和森对于《红楼梦》研究的贡献，他创作《红楼梦论稿》的背景、艰辛的过程及其产生的轰动性影响等问题。[①]

　　除了作者的生平经历和创作时的社会环境，《红楼梦论稿》问世的学术背景同样值得探究。郭豫适在《红楼研究小史续稿》一书中分析了20世纪50年代以前红学索隐派和考证派的发展过程和特点，指出两者都忽略了对《红楼梦》本身的艺术价值和思想意义的研究。"批俞运动"之后，对《红楼梦》的艺术品鉴开始出现。成书于这一时期的《红楼梦论稿》极具代表性，"是一部论析《红楼梦》人物、思想和艺术的评论集"[②]。值得注意的是，郭豫适在书中也详细论述了蒋和森研究《红楼梦》的指导思想。《红楼研究小史续稿》问世于1981年，参考的是1959年版的《红楼梦论稿》，但郭豫适对蒋和森之后发表的其他文章也非常熟悉，对蒋和森的思想观念自然是胸有丘壑。他指出："现实主义的小说创作，要求在人物形象塑造上'正确地表现出典型环境中的典型性格'（恩格斯语）。《红楼梦论稿》作者认为，曹雪芹的《红楼梦》是达到了这种要求的成功作品，并且也正是从这样的认识来评析《红楼梦》的人物形象的。"[③]

　　对于蒋和森创作时遵循的思想，大多数评论者给予了肯定，孙伟科在《红学中人物评价的方法论评析》中明确指出，"推崇马克思主义方法的蒋和森"[④]在《红楼梦论稿》中是遵循马克思主义文艺理论对《红楼梦》进行评论的。邓绍基也认为，蒋和森对马克思主义文艺理论有较为深入的研究，他善于创作，也会作诗，有较高的文学欣赏水平，并且"对俄国革命民主主义的文艺理论也非常熟悉"[⑤]。这是非常切合实际的评价。

---

① 雨虹：《蒋和森学术讨论会在京举行》，《红楼梦学刊》1996年第4期，第47-48页。
② 郭豫适：《红楼研究小史续稿》，上海文艺出版社，1981，第414页。
③ 同上书，第415页。
④ 孙伟科：《红学中人物评价的方法论评析》，《红楼梦学刊》2008年第6期，第170页。
⑤ 雨虹：《蒋和森学术讨论会在京举行》，《红楼梦学刊》1996年第4期，第47页。

（二）版本情况

20世纪50年代产生重大影响的《红楼梦论稿》在"文革"期间遭到厄运，被作为"禁书"，直到1981年才得以修订再版，重见天日。目前看到的《红楼梦论稿》共有五个版本。

第一个版本是1959年1月人民文学出版社出版的《红楼梦论稿》，共7篇，25万多字，包括蒋和森于1955年6月在《人民文学》上发表的第一篇研究《红楼梦》的论文《薛宝钗论》，1956年6月在《人民文学》上发表的《贾宝玉论》，之后相继在《人民文学》上发表的《林黛玉论》《曹雪芹和他的"红楼梦"》（1981年版改为《曹雪芹和他的〈红楼梦〉》）等文章。

第二个版本是1981年9月人民文学出版社修订出版的《红楼梦论稿》，是在1959年版的基础上增加了后来发表的《〈红楼梦〉艺术论》《〈红楼梦〉在中国文学发展上的意义》《〈红楼梦〉人物赞》以及"《红楼梦》散论"系列文章等。此次出版对第一版中的文章进行了修订和补充，重点对原来过度夸张和感情色彩过于浓厚之处进行了修改，提高了评论质量。

第三个重要的版本是1990年9月人民文学出版社修订的《红楼梦论稿》。这次出版仅对1981年的版本做了个别文字上的修订，其他方面没有明显改动。

第四个版本诞生于2006年，此次出版距蒋和森去世已十年。该版本由其夫人张晓萃负责修订，增入了《红楼梦引论》一文，并对其中的个别字句进行了修改，基本保存了著作的原貌。这个版本文章齐全，采用新版印刷，是目前较流行的版本。

第五个版本是2016年人民文学出版社出版的，该版本与2006年版的内容一致，只是版式稍有差别，页码稍有变动。

关于《红楼梦论稿》的版本情况，并没有很多相关著作提及，涉及的论著也是寥寥几句带过。忍言在《红楼探美的人》中提到的蒋和森在20世纪50年代对《红楼梦论稿》的篇目增加和写作时间顺序的情况，与笔者查阅的资料基本一致，指出《略谈曹雪芹的表现艺术》一文是和《薛宝钗论》同时发表的，并对各篇文章发表的时间顺序做了详细的梳理。[1]因此，1955年实际发

---

[1] 忍言：《红楼探美的人——蒋和森和他的〈红楼梦论稿〉》，《读书》1981年第4期，第115页。

表的文章一共两篇，分别是《薛宝钗论》和《略谈曹雪芹的表现艺术》，1956年发表了《贾宝玉论》，1957年发表了《林黛玉论》等。

冯其庸指出，蒋和森是从1955年5月开始写作《贾宝玉论》的，1956年2月脱稿。[①]蒋和森凭借深厚的知识积淀和卓越的艺术鉴赏力，在红学界批判俞平伯之后开始批评《红楼梦》。在20世纪50年代的红学概念中，红楼人物与反封建斗争、阶级批判紧密相连。蒋和森受其影响，在评论人物时，自然而然地将其划分为不同的阶级。但是从刊发的内容来看，他并没有完全深入阶级斗争中，艺术鉴赏还是占据了大部分篇幅。因此，我们可以这样认为，他用这种文笔优美的论述与理性的分析相结合的写作方式表达了自己对文学本身的热爱，而不是对政治潮流的追捧。蒋和森在1981年出版的《红楼梦论稿》的后记中对小说本身的价值进行了肯定，从他对文本的论述中，我们也能够看出这种倾向。

如果将1959年的版本与1981年的版本作对比，会发现两者篇章结构没有发生明显变化，语言风格却发生了一定改变，少量词语的改动也使文章传达出的情感趋于温和。与其他学术著作不同，《红楼梦论稿》语言优美、感情热烈、善用抒情、惯用夸张、文采斐然的风格吸引了一批读者，但同时也存在不足之处，如燃烧起来的感情失于控制，过度夸张的地方比比皆是。1981年的版本努力克服了这种不足，保留了原有的优点，并且从后记中可以看出，作者在这一版中对原来的各篇进行了补充、校订和修改，但是基本保持了文章原来的面貌。比如对林黛玉的描述就少了些感情色彩强烈之词，对贾宝玉的描述删去了原文中许多强调性的词语，使感性的写作风格在一定程度上得以削弱和遏制。但通观全文，蒋和森对人物整体评价的语言和感情倾向并没有显著变化，仍然是情感充沛、善用抒情。这种将理性分析和感性思维恰当地结合在论文中的表现方式是极为难得的。郭豫适在《红楼研究小史续稿》中指出："文学评论不是一般评论，富有感情的色彩可使论文远离枯燥的说

---

① 冯其庸：《哭蒋和森》，《红楼梦学刊》1996年第4期，第38页。

教。"①在蒋和森学术讨论会上，杨乃济先生以"红学界最富有激情的一位学者"来评价蒋和森的独特评论风格。联系上面提到的种种，"文不加点、字字珠玑"这八个字可以说被蒋和森的《红楼梦论稿》诠释得淋漓尽致了。

（三）内容概述和思想主题

《红楼梦论稿》是以评论人物为主要内容的论文集，以《红楼梦》的整体思想内容或对书中某个人物的评论为一个写作单元。因此，在论及《红楼梦论稿》的思想内容时，相关研究著作或是选取其中具有典型性的一人的评论文章来说明，或是通过整体描述来表述蒋和森的主要思想倾向。

前者主要是对蒋和森评论《红楼梦》中的人物的相关观点提出讨论性建议。1959年《红楼梦论稿》出版以后，一些意见不同者对其展开了批评。然而，支持蒋和森的声音还是远远大于批评的声音。在文学鉴赏流行的氛围之下，蒋和森的《红楼梦论稿》以马克思主义美学原理和优美的语言评论人物，赢得了全国众多读者的肯定。"文革"结束以后，文艺鉴赏迎来了新的春天，蒋和森的观点也受到了更多的重视。白盾在《红楼梦研究史论》中的《蒋和森的〈红楼梦论稿〉》一篇中，专门针对蒋和森对贾宝玉的论述表达了商榷性建议。这篇文章对《红楼梦论稿》描写人物的方式进行了整体评价，对其中的主要观点进行了陈述和分析。白盾首先肯定了蒋和森对后四十回的取舍，对他关于红楼人物性格和价值的分析方式表达了某种程度上的赞同。他认为，蒋和森通过对贾宝玉叛逆性格的分析，让读者了解到了曹雪芹的创作心态。虽然我们否认贾宝玉等同于曹雪芹本身，但是贾宝玉身上的某些特质的确寄予了曹雪芹自己的希望和梦想。因此，白盾认为蒋和森通过这种踏实细密的分析，让读者洞察了曹雪芹的思想："他的'心'，虽然蒋氏并未指明，甚至自己不一定能够全部理解，但却提供了思考的线路与启发想象的途径。"②基于此，白盾从贾宝玉的叛逆性格、贾宝玉的出家和关于贾宝玉的"新人说"三个方面概括了蒋和森对贾宝玉的评价。另外，隋玉梅的《浅

---

① 郭豫适：《红楼研究小史续稿》，上海文艺出版社，1981，第419页。
② 白盾主编《红楼梦研究史论》，天津人民出版社，1997，第413页。

析〈红楼梦〉中的林黛玉形象》①和王文琴的《林黛玉形象新探》②，其切入角度与蒋和森相同，并且这两篇文章对蒋和森的观点引用较多。同样，刘梦溪在《红楼梦与百年中国》中也对蒋和森解析林黛玉人物形象的方式极为欣赏。他指出蒋和森是从美学的角度分析林黛玉的形象的，同时也肯定了她身上折射的美。③事实上，并非刘梦溪首次提出《红楼梦论稿》中的美学问题，郭豫适在《红楼研究小史续稿》中就根据内容分析认为蒋和森在林黛玉身上赋予了深厚的热情，"对这个人物形象升起了'感情的旋律'"④。

然而，大部分关于《红楼梦论稿》思想内容的论著还是从整体上进行研究，对蒋和森笔下的关键人物给予相对客观、全面的论述。如郭豫适在《红楼研究小史续稿》中把《红楼梦论稿》的艺术特点和思想内容综合起来分析，整体描述了蒋和森研究人物的艺术方式。另外，郭豫适指出，《红楼梦论稿》的内容不是局限在对红楼人物的评论上，更重要的是通过研究人物升华出《红楼梦》的思想主题。他通过对《贾宝玉论》《林黛玉论》和《薛宝钗论》的评价，得出了蒋和森对《红楼梦》整体思想和构造的基本论点："贾宝玉、林黛玉的爱情悲剧，实质上也是性格的悲剧，时代的悲剧。"⑤郭豫适在论及贾宝玉和林黛玉的爱情时指出了他们悲剧的必然性，分析了他们的思想价值观念和封建思想之间存在的根本冲突。

陈维昭在《红学通史》中重点对蒋和森评论贾宝玉和林黛玉的篇章进行了分析，认为蒋和森对这两个主要人物的论述是集理性和热情于一身的评论。与刘梦溪一样，陈维昭对蒋和森诗化的写作方式表示赞同，他认为"蒋著以诗一般的语言"⑥把当时锋利的革命锋芒弱化了。而通过对《薛宝钗论》的叙述，陈维昭明确指出了蒋和森是站在阶级斗争的立场上对薛宝钗进行评价的。虽然他认为蒋和森在这一问题上没有进行深入的探讨，但把薛宝钗当

① 隋玉梅：《浅析〈红楼梦〉中的林黛玉形象》，《教育现代化》2017年第35期，第321-322页。

② 王文琴：《林黛玉形象新探》，《现代语文》2016年第9期，第30-31页。

③ 刘梦溪：《红楼梦与百年中国》，中央编译出版社，2005，第284页。

④ 郭豫适：《红楼研究小史续稿》，上海文艺出版社，1981，第418页。

⑤ 同上书，第427页。

⑥ 陈维昭：《红学通史》（上），上海人民出版社，2005，第306页。

作了"封建主义虚伪做作的典型"①。事实上，陈维昭认为这是《红楼梦论稿》最有价值的地方。因为蒋和森把薛宝钗放在了被批评的位置上，也就是阶级和道德的对立面，因而他一定会将林黛玉放在"封建主义的对立面"②进行赞美。这样一来，林黛玉和贾宝玉就得以脱离了历史的影响，变得越发具有现代性。

与之相同的是，孙伟科在对《红楼梦论稿》的内容进行解读时也涉及了《薛宝钗论》。他在《红学中人物评价的方法论评析》一文中指出，《红楼梦论稿》在进行人物评价时，是"以阶级定性为主的人物分析"③。孙伟科认为在蒋和森的观念里，薛宝钗和王熙凤、王夫人一样，是"卫道者"，是"反动的"。而此种观点在关于薛宝钗的评价中是最明显的：

> 其实，早在1954年蒋和森就对林黛玉和薛宝钗作过上述与王蒙类似的分析，但他强调"评论人物不能离开在当时所起的历史作用，要看它沿着什么方向发展，是否与时代前进的步伐一致"。蒋和森在《薛宝钗论》中明确地将批判的锋芒对准了薛宝钗精神。他接着说，如果薛宝钗的命运也是悲剧，那么是"一种缺乏感动力量的悲剧"。
>
> 把薛宝钗和林黛玉等量齐观是否符合作家的意图？曹雪芹的意图应该说也是一个猜测的对象，是待商榷的。尽管人们想根据文本或脂评来支持、论证自己的说法，但是所使用的方法依然是各取所需、六经注我的局部归纳法。
>
> 人性论分析的价值，不在于恢复了薛宝钗、袭人等的名誉，看到这些人物身上也有善处、好处、贤处，而在于它将人们审美心理的复杂性凸现出来，把审美心理过程中感受阶段的认识归结出来，以此来反对政治分析的定性判断和单一判断，或者说是概念化的判

---

① 陈维昭：《红学通史》（上），上海人民出版社，2005，第306页。
② 同上。
③ 孙伟科：《红学中人物评价的方法论评析》，《红楼梦学刊》2008年第6期，第170页。

断。人性论者认为，应当写出人本身所具有的复杂性来，凡是漫画化对待人物的艺术描写，都是和审美相敌对的。[①]

对于《红楼梦论稿》的内容和思想，白盾在《红楼梦研究史论》一书中还提出了"新人说"的论题。蒋和森在对《红楼梦》中的典型人物形象进行评价时，不仅探讨人物的性格特征，同时也在总结个体背后的共性。例如，通过他对贾宝玉的论述，我们可以感知这一人物身上所特有的闪光点和价值，这是之前的文学作品中不曾出现过的。蒋和森在深挖人物角色时也指出，贾宝玉这一人物形象是"带着新的光彩、新的意义"跨入中国文学史的大门的。白盾认为，这种"新人说"和普遍意义上的新人说不同，是从接受美学的角度赋予读者的，是人物形象的客观意义折射出来的，并不是作者有意而为之。[②]此外，他认为此种"新人说"重点强调新的思想价值观，而没有把这种新人与某个阶级，如市民阶级联结起来。而蒋和森在20世纪50年代就已经对这种问题进行了研究，或许他并不是有意而为之，探索也不尽彻底，但至少彰显了蒋和森卓越的学术见解。

关于《红楼梦论稿》的主题，研究者多数涉及了它的政治态度。吴颖在《吴颖古典文学论集》中对《红楼梦论稿》的主题思想进行了全面总结，认为蒋和森并不是仅仅对人物进行阶级化、简单化的分析，而是在马克思主义文艺观的指导下，从历史和美学的视角对《红楼梦》进行整体分析。在此基础上，吴颖认为《红楼梦论稿》不同于"批俞运动"中的"革命红学的典范"。蒋和森在当时政治因素干涉学术的环境下"采取了保留态度"[③]，始终秉持学术的原则来对《红楼梦》进行研究。关于这一观点，大部分评论者给予了肯定，如忍言在《红楼探美的人》中也提出蒋和森的研究重点不在于阶级论和人性论，而在于"人类本性中共同的要求，包括美的判断"[④]。阶级的

① 孙伟科：《红学中人物评价的方法论评析》，《红楼梦学刊》2008年第6期，第176-177页。
② 白盾主编《红楼梦研究史论》，天津人民出版社，1997，第415页。
③ 吴颖：《吴颖古典文学论集》，天马出版有限公司，2012，第180页。
④ 忍言：《红楼探美的人——蒋和森和他的〈红楼梦论稿〉》，《读书》1981年第4期，第121页。

烙印、历史的枷锁曾使无数人不堪忍受，但这并不能完全抹去人们内心深处一致的趋向和追求。

（四）创作方式和艺术成就

《红楼梦论稿》在写作手法上惯用抒情和夸张，将理性的分析和炽热的情感相结合，取得了非凡的艺术成就。在涉及《红楼梦论稿》的研究文章和著作中，虽然批评者认为该书在学术旨趣和思想导向上有待进一步完善，但对其艺术成就则倍加赞赏。

关于专著，郭豫适最早在《红楼研究小史续稿》中对《红楼梦论稿》的艺术特色和写作方式做了系统的阐述。该书主要对《红楼梦论稿》优美的文采和热烈的情感进行了总结，并结合贾宝玉和林黛玉这两个主要人物的特点做了详细的叙述。

韩进廉在《红学史稿》中分析了《红楼梦论稿》的诗化语言之后，对其艺术特色做了更为详细的阐述。他认为，《红楼梦论稿》与一般的学术评论著作不同之处在于评论方式独树一帜，对人物形象和艺术手法分析透彻、别具一格，并且善于通过讲述深刻的道理来以理服人，更侧重在热烈的感情中以情感人：

> 在《红楼梦论稿》中，作者努力遵循文学的以形象感人的特点，进行了细致的很有特色的美学分析。它的最突出的特点是感情炽烈，语言优美，是继王昆仑的《红楼梦人物论》之后出现的又一部用火一般的感情、诗一般的语言写出来的一部"红学"专著。它似乎不是什么文学"批评"——趾高气扬地指手画脚、说长道短，使人望而生畏；它似乎是一部文学作品——有充实的内容、深刻的思想、充沛的感情和优美的形式，使人读而艳之它以抒情的笔调对《红楼梦》的思想、人物、艺术的细致剖析，形成了自己独特的风格。它也讲道理——也讲得比较深刻，能以理服人；但它更重于以情感人，使读者在感情的激流中受到陶冶。[1]

---

[1] 韩进廉：《红学史稿》，河北人民出版社，1981，第367页。

张锦池在《〈红楼梦〉研究百年回眸》一文中也对蒋和森的语言风格赞赏有加，认为其出类拔萃之处在于"带着具体而近乎直观的艺术感受进行阐释，以优美而含有哲理的文字表述之"①。

冯其庸认为，迄今为止也没有人能够像蒋和森一样把研究性的论文写得这样出色，并认为《红楼梦论稿》"生动深刻，本身就是艺术品"②。这是对其艺术成就和创作方式的极大赞扬。

刘梦溪的《红楼梦与百年中国》从全局的角度评价《红楼梦论稿》的艺术成就，认为其优美的、带有抒情色彩的文字极具特色，达到了较高的学术水平，是把《红楼梦》的艺术特色和思想内涵"阐述得比较有深度的好文章"③。

白盾的《红楼梦研究史论》对《红楼梦论稿》的创作方式和艺术特点总结得非常全面。他首先指出蒋和森是以《红楼梦》产生的社会背景为切入点进行专门研究的，这样切入能够起到统摄全局的效果：

> 我们不能不承认《红楼梦》的鲜亮的形象给予读者的审美感受正如蒋氏所叙述的那样。而这，恰足以宏观地概括出《红楼梦》的历史意义与价值。在那所谓"康、雍、乾"的"盛世"中出现的这种郁悒、忧伤的情调，乃是中国封建社会体制的整体上出现了危机的象征。曹雪芹的高明之处在于：在那"赫赫扬扬"、"百年盛世"感受到了那遍被华林的悲凉之雾并用生花妙笔传神地把它摹写出来。蒋和森先生高明之处在于：从这样视角切入，对全文有高屋建瓴之效。④

---

① 张锦池：《〈红楼梦〉研究百年回眸》，《文艺理论研究》2003年第6期，第65页。
② 雨虹：《蒋和森学术讨论会在京举行》，《红楼梦学刊》1996年第4期，第47页。
③ 刘梦溪：《红楼梦与百年中国》，中央编译出版社，2005，第285页。
④ 白盾主编《红楼梦研究史论》，天津人民出版社，1997，第410-411页。

其次是着重论述了蒋和森以反封建为主题的批评角度。最后，白盾综合整本书的内容，认为蒋和森详细地分析了《红楼梦》中人物的典型性格和社会的思想意识，让读者有了更直观的认识和理解。

与此观点相同，1981年《红楼梦论稿》再次出版时，舒芜为其写了简介，认为《红楼梦论稿》最大的闪光点在于它的评论着力点不同于普通的文学批评著作："它不说长道短，指手画脚，而是用炽热的感情，优美的语言，抒情的笔调，有时甚至是用夸张的手法，对《红楼梦》的思想、人物、艺术，进行细致的剖析，形成了自己独特的评论风格。"[1]这也是《红楼梦论稿》风靡大江南北的原因所在。

（五）评价和影响

《红楼梦论稿》在1959年刚刚出版发行就产生了巨大影响，作者被称为曹公的知音，评论界对其赞叹不已。冯其庸认为蒋和森的文章本身就是艺术品，鲜活生动、寓意深刻，至今也很少有人将其超越[2]；邓绍基认为蒋和森不仅擅长创作诗词歌赋，还具有出众的文艺鉴赏和美学鉴赏的能力，他的文章之所以如此出色，是因为他对马克思主义文艺理论，甚至俄国革命民主主义的相关文学观点也颇为熟稔[3]；蔡义江认为蒋和森比同时代的学者拥有更开阔的眼界，当时的多数红学研究者是从社会学的角度探究《红楼梦》的，而蒋和森另辟蹊径，将社会学与美学相结合，从文学作品的角度研读《红楼梦》，这是其最为成功之处[4]；林冠夫指出，从《红楼梦论稿》中可窥见蒋和森的个性，这是罕见的，蒋氏的文章饱含着感情，洋溢着诗情，将他的个性和品质展现得淋漓尽致[5]。

20世纪80年代修订再版后，《红楼梦论稿》仍然深受读者欢迎。相比同时代的其他著作，蒋和森能着眼于文本，充分挖掘作品的思想内容和艺术特

---

① 舒芜：《红楼梦论稿》，《红楼梦学刊》1982年第3期，第184页。
② 雨虹：《蒋和森学术讨论会在京举行》，《红楼梦学刊》1996年第4期，第47页。
③ 同上。
④ 同上书，第47-48页。
⑤ 同上书，第48页。

点，这是非常难得的，同时代的红学研究者也深受感染。

刘梦溪在《红楼梦与百年中国》中指出，20世纪五六十年代，《红楼梦论稿》的影响力非常大，它细腻的文字和优美的语言深刻地"拨动了读者的心弦"①。蒋和森通过生动而丰富的语言，对《红楼梦》中形形色色的人物进行论述分析，探究出人物形象背后的深刻价值和社会意义，充分挖掘出人物的心理状态和典型性格特征，这既是对小说批评派红学的发展，又对后来的红学评论产生了深远的影响，具有丰富的文学价值。

应该说，蒋和森对《红楼梦》评论的广度和深度植根于他丰富的理论基础。郭豫适在《红楼研究小史续稿》中提到了马克思主义指导下的文艺创作方法和历史唯物主义对蒋和森的深刻影响，并通过对《红楼梦论稿》中贾宝玉、林黛玉等典型人物形象的分析和研究进行了论证说明。"现实主义的小说创作，要求在人物形象塑造上'正确地表现出典型环境中的典型性格'。"②郭豫适认为《红楼梦论稿》正是符合这一创作要求的作品。这也就是我们所说的重点强调人物的个性特点，用具有代表性的特征来分析、定义人物。因而，我们在《红楼梦论稿》中能清晰地感知到蒋和森对它的精确把握。即使他在1981年修订版中增加了些许鉴赏性的观念，但依然能够让读者对其中的人物个性有明确的认知。郭豫适认为，蒋和森通过对人物形象的内在本质和复杂性的分析，对其"社会意义"③做了切合实际的分析说明。郭豫适注意到了蒋和森论述人物的意义所在——通过人物形象分析来探索《红楼梦》的人物和思想，并从人物命运中升华《红楼梦》的悲剧意蕴。

关于此种阐释视角，陈维昭在《红学通史》中也做了直观的论述：

> 然而，蒋著却与此前的思想批判型的艺术论有明显的不同。其重要不同之一就是蒋著有着耐心而细腻的情节分析，人物心路历程分析，人物关系分析乃至人物语言、小说语言分析，这正是艺术品

---

① 刘梦溪：《红楼梦与百年中国》，中央编译出版社，2005，第296页。
② 郭豫适：《红楼研究小史续稿》，上海文艺出版社，1981，第415页。
③ 同上书，第421页。

鉴的重要品格。①

由于时代背景和作者自身学术基础的限制，蒋和森的《红楼梦论稿》不可能是完美的。陈维昭在《红学通史》中指出，该书对反封建思想的着墨过多，在一定程度上影响了对内容的阐述。陈氏的结论立足点已经脱离了政治与文艺结合、阶级斗争的理念。事实上，蒋和森的《红楼梦论稿》在"文革"前后具有不同的侧重点和内涵，因此，关于《红楼梦论稿》的研究文章或著作都会结合其产生的社会背景进行综合评价，其中的差别不是以其对封建社会的鞭挞程度所能概括的。

郭豫适的《红楼研究小史续稿》与陈维昭的《红学通史》存在相似之处，二者都对《红楼梦论稿》中反封建术语太重的错误进行了批评指正。在涉及宝黛爱情悲剧的描写时，郭豫适明确指出，宝黛的爱情悲剧虽然揭露了封建社会制度的腐朽黑暗，但是不能将其与《红楼梦》的整体叙述、整体的反封建主义的意义等同起来。②

关于这个问题，白盾在《红楼梦研究史论》一书中有比较深入的论述。他认为蒋和森在下这种结论时忽视了对曹雪芹创作背景和时代背景的研究，贾宝玉在一定程度上代表了曹雪芹的性格和希望。而曹雪芹生活在18世纪的中国，不可能对封建主义有明确的概念，不可能有意识地"反封建"，红楼人物仅仅是对现实的不满进行反抗。他总结道："《红楼梦论稿》由于使用此词太多了，显得使用概念不准确。"③白盾同时注意到了蒋和森对《红楼梦》不同版本的态度，他认为蒋和森没有对脂本与程本进行区别分析。蒋和森参考的是程本，但是又说是曹雪芹的"原意"，这正是他长期备受争议的地方，研究者涉及此处应当给予充分探讨。蒋和森在文本中使用了模棱两可的办法躲开了这个难题，缺乏足够的科学性。白盾明确指出，《红楼梦论稿》作为一部红学专著，应当对脂本和程本给予不同的处理方式，认真比较其成败得失。

① 陈维昭：《红学通史》（上），上海人民出版社，2005，第306-307页。
② 郭豫适：《红楼研究小史续稿》，上海文艺出版社，1981，第432页。
③ 白盾主编《红楼梦研究史论》，天津人民出版社，1997，第425页。

白盾还以"封建贵族"一词的用法为例，认为贾府不能算是真正意义上的封建贵族，"只应称世家"①，来说明《红楼梦论稿》在用词的准确性方面有所欠缺，因而文本整体在精准度方面有失考量，并认为为了达到准确的效果，谨慎是非常有必要的。白盾对《红楼梦论稿》的批评重点在文本上，虽然在某些方面存在不当之处，但与郭豫适对《红楼梦论稿》中反封建性的泛泛之论相比较，自然更有深度。

同样，韩进廉的《红学史稿》也是立足于文本，从内容和艺术特色上对《红楼梦论稿》进行评价。他在肯定蒋和森热情饱满的文字在凸显人物特征方面的优势的同时，也指出其过于浓厚的感情色彩会影响论文的公允性："当作者那感情的火焰燃起来后，往往失于控制，把话说得过了头，甚至绝对化。"②

伴随着理论的更新和进步，批评者的看法和思维也会发生改变，后来者对《红楼梦论稿》的评论观点也会有所改变。然而，不论学术思想怎样变化，《红楼梦论稿》始终是红学史上的一道明亮的风景线，对红学批评方式产生了深刻影响。实际上，即便当今我们能用新的理论来研究《红楼梦》中的人物性格和思想价值，但从受众的接受程度来说，也不能与《红楼梦论稿》相提并论，而这恰恰彰显了该书的价值和意义，值得我们更进一步地研究和探讨。

二、社会—历史视角下的文学批评

文学批评不同于单纯的文学鉴赏，也不等同于对文学思潮和作家进行分析考证。从科研的角度来讲，它首先要找到自己的研究视角，即对文本的正确定位和切合实际的探索方向。

新中国成立以后，对《红楼梦》的研究主要是在马克思主义观点指导下运用社会学阶级分析方法进行的，研究的意义无非是深入探索作品的价值。一部著作的价值不仅体现在特定的历史范围，也体现在社会学层面，有些甚

---

① 白盾主编《红楼梦研究史论》，天津人民出版社，1997，第425页。
② 韩进廉：《红学史稿》，河北人民出版社，1981，第368页。

至可以达到反映历史规律和彰显真理的高度。社会—历史学的分析方法是以时代和民族为基点来对作品进行分析的。马克思主义则从历史的层面出发，通过生产力和生产关系的视角分析作品的意义所在。这种分析方法实则是将经济因素放入作品中进行分析。越是意义深刻的作品越与经济因素密切相关。马克思说："一定的社会关系归根结底是社会生产力发展的一定状况决定的。"①同样，一部经典的文学著作也有着深刻的社会历史渊源。除却方法论的与日俱进，内容本身的弹性也为这种分析提供了肥沃的土壤。《红楼梦》就是这样一部分析不尽的文学巨著，而作者也许并没预料到文本中有如此多可供分析研究的价值。

红学研究主要有五大派别，包括评点派、索隐派、题咏派、评论派和考证派，前四派为旧红学，新红学以考证派为代表。考证派的代表人物有胡适、俞平伯、周汝昌等，代表观点有"考证"和"自传说"等。对"自传说"直接提出挑战的，是1954年李希凡、蓝翎写的引发"批俞运动"的两篇文章：《关于〈红楼梦简论〉及其他》和《评〈红楼梦研究〉》。这两篇文章提出了"社会政治的观点"，并从现实主义阐释的角度出发分析了《红楼梦》。陈维昭在《红学通史》中指出：

> 在《评〈红楼梦研究〉》一文中，李希凡、蓝翎指出《红楼梦》不但在创作上坚持了现实主义道路，而且在理论上阐明了现实主义的真谛。俞平伯把贾府从当时的社会发展及它所隶属的阶级孤立开来去考察它的破败，也即没有把一家一姓的衰败与封建社会的末世联系起来……更加集中地阐述了对于18世纪中叶中国社会性质的看法。②

陈维昭重点研究元明清文学，他的这番总结当然也是从深入研究中得出

---

① 马克思、恩格斯：《马克思恩格斯全集》第4卷，人民出版社，1982，第84页。
② 陈维昭：《红学通史》（上），上海人民出版社，2005，第262页。

的结论。对于现代的评价而言，李希凡、蓝翎批判俞平伯的文章也的确"把宝、黛爱情的民主性、人民性放在清代的社会历史环境中去观照"[1]，以此来突破考证派的种种不妥之处。应当说，李希凡、蓝翎虽然也是文学批评派，但他们没有继承王国维一脉的治学方式。相异之处在于王国维侧重研究《红楼梦》的哲学和美学价值，因此多以哲学观为基点，属于文学美学的领域；而李希凡、蓝翎更注重对《红楼梦》社会历史环境的分析，更多是以社会学观点为支撑，来进一步分析研究社会和历史环境对《红楼梦》成书的影响，将社会—历史学方法引入了文学批评范围。当然，李、蓝的分析并非不存在错误，这从夏志清的评价中也足以窥其一端：

> 以作者的自传和社会政治的观点来解释它，诚然对我们理解这部小说有所贡献，但这些人均未能理解它的悲剧的本质，因为他们未能体察出它的同情基调的极端重要性。[2]

这段评价道出了文学批评派研究范围的狭隘，强调应从文学和美学的角度对《红楼梦》进行阐释，即关注《红楼梦》的人文价值，真正阐释这部小说的悲剧性质。

按照社会—政治学方法论的观点，一部文学作品的价值是"历史的"，也是"社会学的"。这个"社会学的"价值来自对作品的演绎和抽象，甚至可以从历史发展规律和社会真理的角度进行鉴赏。因此，作品的价值来源于对时代、民族和社会环境的分析。马克思主义开辟了新的研究范围，使用阶级分析法，将生产力和生产关系作为切入点进行历史分析，认为文艺作品都是阶级意识的体现。由此可见，这种研究方法颠覆了唯物史观领域的传统观念，带来了新的方法论。客观上说，任何文艺观念都与当时的社会经济和生产关系有密切的渊源，而社会—历史学方法论其实遵从的也是这样的准则，尽管

---

[1] 陈维昭：《红学通史》（上），上海人民出版社，2005，第263页。
[2] 夏志清：《〈红楼梦〉里的爱与怜悯》，《现代文学》1966年第27期，第27页。

一些作家在事实上没有真正从美学角度阐释作品的价值。

历史—美学的批评方法延伸了社会—历史批评的范围，将美学的观点、历史的观点、思想的标准、艺术的标准作为批评标准。马克思主义的文艺批评是"美学"与"历史"相统一的批评。可以说，它既是意识形态普遍性的文学表达，又是审美规律的文字反映。它要求对待文学现象要从历史和美学的角度全面观察，进行价值判断。一如恩格斯在1895年写给斐·拉萨尔的信中说："我是从美学观点和历史观点，以非常高的、即最高的标准来衡量您的作品的。"[①]此外，只有在美学和历史的宏观视野下，才能对人物情节、结构语言进行微观的艺术解析。可见，历史—美学的观点是在美学法则和历史客观趋势的相互碰撞的过程中形成的。历史—美学批评大体上属于由意大利美学家维柯提出，后在法国经过阐释发展，最后由文艺理论家和史学家丹纳归纳形成的社会历史批评流派。历史—美学批评派认为所有的文学作品都能带给读者审美体验，因此，鉴赏一部作品应当用美学的观点对其审视。故而别林斯基说："不涉及美学的历史的批评，以及反之，不涉及历史的美学的批评，都将是片面的，因而也是错误的。"[②]

很显然，历史—美学批评作为具体批评的最高标准和指导思想，是经得住实践检验的。虽然对一部文学作品可以从社会学、文化学、人类学等多种角度进行分析，但是都不能脱离批评对象的历史背景和美学结构。而如何在运用历史的理论进行批评时避开庸俗社会学的桎梏，成了历史—美学批评面临的问题。在古代小说中，《红楼梦》的诗性美和人性美是最浓厚的，它既包含了形形色色的人物形象，又有社会环境的多样化，此外还有氛围的营造、各种艺术手法的交错使用等等。面对这样丰富的审美客体，不论从哪个方面，都会有丰赡的解读素材。而历经百年愈来愈受欢迎的《红楼梦》就是最有力的证据。

蒋和森的《红楼梦论稿》是一部在马克思主义美学的指导下完成的著

---

① 马克思、恩格斯：《马克思恩格斯全集》第4卷，人民出版社，1982，第347页。
② 周忠厚等主编《马克思主义文艺学思想发展史教程》，中国人民大学出版社，2002，第73页。

作，因而我们从两个方面对它进行解读：一是了解蒋和森的审美视角，进而了解作者的方法论；二是明确评论者的思想立场。探究的意义在于消除不同思想之间的代沟，进而走向理解和包容。从这个层面来说，蒋和森的《红楼梦论稿》是在寻求与《红楼梦》的思想碰撞，而本书的最终目标，则是通过对《红楼梦论稿》的探讨从而达到对《红楼梦》的进一步理解。

第一章 《红楼梦论稿》的成书背景 ≫

第一节 蒋和森的学术背景研究

研究《红楼梦》的学者不胜枚举，成就颇丰的也不在少数，这其中，蒋和森出类拔萃、引人注目。

蒋和森（1928年7月—1996年4月），江苏海安人，毕业于复旦大学新闻系。他的大半生与中国文学交织在一起，不论是在红学史领域还是古代文学领域，他都是举足轻重的人物。然而，蒋和森非常谦虚谨慎，他在《红楼梦论稿》的后记中写道：

> 当时也不暇考虑这些"论"会不会贻笑于学者专家，只觉得要把那些横溢在心里的读后感一吐为快。自然这很幼稚，然而也正是靠了这种幼稚，使我对着长夜的孤灯，对着那些仿佛可以听到他们呼吸的《红楼梦》人物，对着这部似乎还不为外国读者领略其神韵的天才杰作，抒写了我

的那些议论。①

　　然而这个自称"幼稚"的学者，却在红学界占据了重要地位。冯其庸在《哭蒋和森》一文中赋诗一首来表达蒋和森在红学领域的突出贡献："论玉一篇初问世，洛阳纸贵忆当时。千金何老雕龙评，从此蒋郎是砚脂。"②

　　冯其庸所说的"蒋郎是砚脂"的背后，是蒋和森扎实的学术积累。蒋和森生于民国时期，正值中国共产党的发展时期。民国政府的腐败无能、帝国主义的烧杀抢掠以及蓬勃兴起的革命运动强烈地震撼了这个爱国青年的心。小学毕业后，蒋和森被保送到成达中学，时值爱国人士章石承担任校长，并聘请学者孙石灵等人来任教。在这些良师的教导和熏陶之下，蒋和森打下了扎实的文学基础。1948年，蒋和森以优异的成绩考取复旦大学新闻系。当时正处于解放战争初期，一千名师生联合抗议国民党将复旦大学迁移到台湾的企图，拉开了复旦大学加入解放战争的帷幕。当时刘大白、郭沫若、老舍等文学大师在复旦大学任教，在"学术为魂、育人为本"的办学方针指导下，复旦大学提倡爱国奉献和学术独立，支持新思想、新思潮，培养了大批杰出人才。在这样的环境下，蒋和森孜孜不倦地接受着新知识和新思想，立志在学术上有所建树。在此期间，他的第一首诗《妈，我告诉你》在《文汇报·文学界》上发表，表达了强烈的爱国热情。著名演员白杨亲自在上海人民广播电台朗诵。此后，他连续在多家报刊上发表了诗歌和文章，开始在文坛崭露头角，并于1950年正式成为上海文艺工作者协会会员。年轻的蒋和森接触到了马克思主义理论，对唯物论的观点产生了强烈的共鸣，这为他后来的文学道路奠定了基础。

　　蒋和森对美学的热爱也是从此时开始的。1950年左右，蒋和森开始学习马克思主义美学理论。随着对苏联美学理论的不断研究，蒋和森对马克思主义文艺理论产生了浓厚兴趣。本着对知识的追求，他开始反思自己的学术思

　　①蒋和森：《红楼梦论稿》，人民文学出版社，1981，第358页。
　　②冯其庸：《哭蒋和森》，《红楼梦学刊》1996年第4期，第38页。

想，希望通过学习马克思主义美学理论来丰富自己的知识。大学时期的学习对蒋和森的影响是很大的，文学基础扎实的他在此期间集中研读了各种文本的马克思主义作品，并与之前自己读过的西方哲学名著进行对比。据邓绍基介绍："他不仅对马列主义文艺理论有很深的研究，对俄国革命民主主义的文艺理论也非常熟悉，所以他的文章能写得那么好、那么美。"①《红楼梦论稿》中多次引用了马克思主义和俄国文艺理论。

对蒋和森影响最大的两部著作是《马克思恩格斯关于历史唯物主义的信》和《艺术与现实的审美关系》。《马克思恩格斯关于历史唯物主义的信》写于19世纪末，该书详细阐述了历史唯物主义的基本原理，在当时产生了重大影响。因此，艾思奇对此进行了翻译，1951年该书在国内问世。《艺术与现实的审美关系》是由周扬翻译的，原作者是车尔尼雪夫斯基，中译本于1957年由人民文学出版社出版发行。车尔尼雪夫斯基是19世纪早期的俄国作家，其美学理论不仅富有革命色彩，还明显地折射出了马克思主义人本生态美学的光辉。因此车尔尼雪夫斯基被称为唯物史观美学的代表人物，其理论也成为马克思主义文艺理论的重要组成部分。他认为现实生活高于艺术，艺术的根本目的是表现生活之美。车尔尼雪夫斯基的美学在中国的文学界和美学界产生了巨大影响。由此可以看出，蒋和森所涉及的马克思主义理论著作大多是从苏联翻译而来的，他的思想和当时的知识分子受到的理论教育基本一致。由此也可看出他的作品中所表现出来的马克思主义观点的理论根源。而他对俄国文艺作品的了解也帮助他更好地熟悉了俄国的文艺理论以及马克思唯物论的重要意义，这为他使用马克思主义理论来分析作品提供了思想上的方便之处。实际上，在接受了马克思主义思想之后，蒋和森对俄国文艺理论一直心存好感，他于1953年到《文艺报》工作，在学习中国文艺理论的同时，也有了进一步研究俄国文艺理论的机会。

正在蒋和森的马克思主义思想理论逐步成熟之时，1952年秋，蒋和森从复旦大学毕业，来到了新华社任记者。似乎是为了与《红楼梦》结缘，1953

---

① 雨虹：《蒋和森学术讨论会在京举行》，《红楼梦学刊》1996年第4期，第47页。

年，蒋和森调至《文艺报》工作。此时的《文艺报》，马上要迎接一场波及海内外的批判俞平伯的运动。俞平伯是胡适的学生，与胡适同是新红学的奠基人，他于1923年出版了第一部专著《红楼梦辨》。1952年，在文怀沙的邀请下，俞平伯将《红楼梦辨》修订为《红楼梦研究》，由棠棣出版社出版。此时的俞平伯已经接受了新中国文艺思想的洗礼，完全能够运用马克思唯物主义思想研究《红楼梦》了，但是由于受长期习惯的影响，在其作品中依然有考据的影子。1952年3月，俞平伯出版了新写的论文集——《红楼梦简论》，其中详细表达了自己关于《红楼梦》的诸多看法。然而，俞平伯的这些观点却受到了两个刚刚从山东大学毕业的青年——李希凡和蓝翎的质疑。这场普通的文学争论后来演变为了批判运动。蒋和森在《文艺报》任编辑，自然身处其中，他阅读了俞平伯的作品，也接触到了李希凡和蓝翎的文章，更是体会到了围绕《红楼梦》而发生的种种波折。正是这种环境和经历，引起了蒋和森探究《红楼梦》的热情。

20世纪50年代后期，蒋和森依然本着客观的原则进行文艺评论。蒋和森少年时期就打下了深厚的文学功底，又在复旦大学得名师点拨，能诗善文，并擅长书画，素有"才子"之称。其侄女蒋霞回忆他说："才华横溢的伯父极有艺术天赋。由于战乱已无学可上，伯父便在曲塘小学当起了代课老师。他还在通扬河畔蒋家木行的一间小屋前，挂起了'因因诗社'的牌子，成立了一个人的诗社。他以诗会友，和各地的诗友以通信的方式交流进步思想，切磋文学艺术。"[1]关于他与《红楼梦》的缘分，蒋和森说："想起我刚开始写这本书中的论文时，尚未至'而立'之年，学生时代的服装还没有在办公的桌子上磨破。"[2]刚刚迈出大学校门，年轻的蒋和森就被《红楼梦》的魅力深深吸引了。恰是出于对《红楼梦》文本的热爱，他评论《红楼梦》的文章才感情充沛、大放异彩。而这种源自心底的喜爱也让他通过"评红"来抒发满腹才情。

以《薛宝钗论》为起点，蒋和森就此开始了评论《红楼梦》的生涯。蒋

---

① 蒋霞：《回忆我的伯父蒋和森》，《江海晚报》2015年3月26日。
② 蒋和森：《红楼梦论稿》，人民文学出版社，1981，第357页。

和森研究《红楼梦》，得到了何其芳的支持。《贾宝玉论》有近三万字，在当时找不到可以发表的刊物，于是他把稿子寄给了素昧平生的诗人何其芳。在何其芳的推荐下，蒋和森将稿子寄给了《人民文学》。也许他也没料到，这样涉入红学领域竟让他在红学史上留下了浓墨重彩的一笔。接下来的文章更是饶有趣味，其感情热烈而不乏理性的分析，在全国引起了巨大的轰动。蒋和森随后被调至中国社会科学院文学研究所，与何其芳、俞平伯、钱锺书等知名学者共事。蒋和森深受鼓舞，接下来的几年里，他在一间八平方米的小屋里相继完成了《林黛玉论》《曹雪芹和他的"红楼梦"》等文章。人民文学出版社将蒋和森25万多字的文章结集出版，题名为《红楼梦论稿》，时为1959年。

此外，蒋和森发表了多篇关于杜甫诗、陆游诗及其他文学评论的文章，并参与了《中国文学史》《唐诗选注》等著作的编写工作。他创作的表现唐朝末年黄巢农民起义的小说《风萧萧》和《黄梅雨》也吸引了广大读者。也许，《红楼梦》不是他一生的全部，《红楼梦论稿》也不是他一生的巅峰，但回顾蒋和森的生平，《红楼梦》研究却是他学术生涯的重要部分，甚至从某种角度来看，左右了他的大半生。

第二节　作品问世的时代背景

司马迁在《报任安书》中提到写作《史记》的意图："仆诚以著此书，藏之名山，传之其人，通邑大都，则仆偿前辱之责，虽万被戮，岂有悔哉！然此可为智者道，难为俗人言也！"①的确，付出一生心血，如果作品能够流传后世，即使为时人万般不解，自己也能够恪守信念、坚若磐石。似乎是应验

---

① 马松源主编《二十五史精华·史记》，线装书局，2011，第170页。

了"若至于举世非之,力行而不惑者,则千百年乃一人而已耳"①这句话,千年之后的曹雪芹用"无材可去补苍天,枉入红尘若许年。此系身前身后事,倩谁记去作奇传"②这首诗再一次重复表达了类似于司马迁的热切期望。殷殷期盼的背后,是希望后人能够"作奇传"。自从程伟元、高鹗订补刊行后,《红楼梦》开始家喻户晓,其续书、模仿和改编、评注、索隐、题咏等迅速发展起来。在20世纪,红学与甲骨学、敦煌学并称"三大显学"。

《红楼梦》问世之初,似曾相识的人物环境、跌宕起伏的故事情节、令人沉思的佛学哲理一度让好事者寻根探源。关于《红楼梦》隐去的真事的猜测甚嚣尘上,如"张侯家事"说、"傅恒家事"说、"明珠家事"说、"和珅家事"说等,众说纷纭,不一而足。更有红学崇拜者认为红学可与经学、史学相媲美,甚至用经学方法探寻其隐含的"真事"。到了近代,索隐派作品更是层出不穷,如蔡元培的《石头记索隐》是一部重要著作,出版后很快蜚声于世。随后,胡适对其提出了质疑,他的《红楼梦考证》为红学开辟了一片新领域,该文的发表一般被当作新红学开始的奠基之作。而小说批评派红学成为主流是以1954年的批判俞平伯的运动为开端的。

在20世纪50年代初期,考证派红学占据主流地位,俞平伯的《红楼梦研究》和《红楼梦简论》是当时颇具影响力的著作。俞平伯在这两部书中用文学评论和文学考证的方法反驳了将《红楼梦》和曹雪芹自传等同的观点。在此基础上,俞平伯认为《红楼梦》的色空观念源自《金瓶梅》。对此,李希凡和蓝翎提出了质疑,认为用考证方法代替文艺批评,进而对《红楼梦》进行艺术分析是不对的。后来这场相伐相彰的文学争论最终蔓延到整个意识形态范围,成为波及国家政治生活的大批判。从学术角度来讲,这场规模宏大的大讨论是对考证派和自传说论争以来所作的全面的反省。从此,小说批评派红学成为红学界的主流。

纵观漫长的红学历史,不管是胡适、蔡元培的论战,还是考证派红学在

① 韩愈:《中国古代名家诗文集·韩愈集》,黑龙江人民出版社,2005,第185页。
② 曹雪芹:《红楼梦》,人民文学出版社,2008,第1页。

新领域的新发现，其造成的影响仅仅局限在文艺界内。而1954年对俞平伯的批判所造成的影响则是整个社会，甚至波及国家的政治层面。就红学的研究进程来说，这显然是不正常的。单纯从学术层面来看，当时的学术界对俞平伯研究红学的方式存在很大的曲解。李希凡、蓝翎认为俞平伯将考证方法运用到了文章分析上，在批判俞平伯的文章中曾指出："考证方法只能在一定的范围内活动，辨别时代的先后及真伪，提供作品的素材线索。俞平伯先生却越出了这个范围，用它代替了文艺批评的原则，其结果，就是在反现实主义和形式主义的泥潭中愈陷愈深。"①李希凡、蓝翎的这段话是对俞平伯的误解，俞平伯主张的是文学考证，目的是更好地进行文学批评，而胡适的考证是将历史和《红楼梦》进行对照。对俞平伯的误解造成了一定的不良影响，俞平伯因此误受批判，文学考证与文学批评不再结合，这对文学考证和小说批评都是损失。但是，由批判俞平伯发展而来的对整个小说考证派的批评在客观上创造了有利于小说批评派红学的发展环境。20世纪50年代中后期，《红楼梦》的艺术品鉴开始受到重视，小说批评派红学蓬勃发展，硕果累累。

事实上，针对《红楼梦》文本的系统研究早在胡适和蔡元培之前就已经出现了，只是在当时，考证派独占鳌头，大部分学者关注的是作者家世而非文本本身。王国维的《红楼梦评论》发表于1914年，该书从故事情节、人物特点等方面出发，综合研究小说的主旨及其美学造诣。王国维是第一个用西方哲学思想研究《红楼梦》的人，他认为《红楼梦》的目的是宣传人生的苦痛并寻求解脱之道，而《红楼梦》的美学价值则体现为在平常生活中表现出来的悲剧美。季新的《红楼梦新评》和佩之的《〈红楼梦〉新评》是继承王国维衣钵而完成的评红著作，他们从西方文学的角度对《红楼梦》中腐朽的封建制度和社会问题进行了研究。鲁迅在《中国小说史略》中虽然认同胡适的"自传说"，但是又从小说批评的角度对《红楼梦》的思想和艺术进行了研究，认为自从《红楼梦》问世以后，传统小说的价值判断和写作方式都

---

① 李希凡、蓝翎：《关于〈红楼梦简论〉及其他》，载陈思和主编《中国当代文学60年（1949—2009）》卷一，上海大学出版社，2010，第62—63页。

被打破了，这是广为传诵的精辟评论。李辰冬的《红楼梦研究》、张天翼的《贾宝玉的出家》和王昆仑的《红楼梦人物论》是20世纪40年代批评派红学的典型作品。李辰冬从西方小说和艺术评论的角度将《红楼梦》的人物性格和艺术特点进行了对比研究，从而得出了曹雪芹和莎士比亚的文学造诣相当的结论；张天翼的《贾宝玉的出家》是《红楼梦》人物评论的突出代表，作者在对贾宝玉的价值观和个性进行分析的同时，对曹雪芹的思想进行了研究评点；王昆仑的《红楼梦人物论》是一部人物评论集，阐释了《红楼梦》的艺术价值和思想意义。总而言之，脱胎于评点派的小说批评派红学是一种内敛的红学，主要对《红楼梦》的文本本身进行研究。不可否认的是，曹雪芹本人博文广志，才华横溢，他将不得志的忧郁和痛苦在文本中表现得淋漓尽致，我们无法拒绝传统学术方法强大的影响力，索隐派和考证派的易帜，让对文本本身的研究变得单调而缺乏色彩。而庸俗社会学的出现，更是掩盖了文本的光芒。

1956年，吴组缃对庸俗社会学提出批评。他认为研究《红楼梦》这样的伟大艺术作品应该更注重作品反映的现实意义："《红楼梦》的伟大与不朽之处，是在它以无比丰富的活生生的艺术形象，真实具体地反映了社会和历史的内容。"[1]吴氏认为，只有对作品的人物和艺术形象进行分析才能真正发掘作品的价值，只研究一些数字和细节不能提炼出作者的思想和作品的意义：

> 比如列举大观园里一顿酒饭花了多少银子，乌庄头送来多少什么地租，诸如此类，以证明贾家生活的奢侈，如何剥削农民，和说明了什么性质的历史或经济问题，等等。若是一部《红楼梦》只提供了这样一些干瘪的事实和数字，那它有什么价值？[2]

吴氏指出，宝黛钗的人物形象和关系是《红楼梦》的重点，贾宝玉的人

---

① 吴组缃：《论贾宝玉典型形象》，载刘梦溪编著《红学三十年论文选编》（中），百花文艺出版社，1984，第249页。

② 同上书，第248页。

物形象是重中之重。

时隔一年，何其芳的长篇评红论文《论〈红楼梦〉》发表。与李希凡和蓝翎锐利、咄咄逼人的风格不同，该文章主要围绕《红楼梦》的思想和艺术进行探究，在当时引起了强烈的反响，以其为基点的艺术品鉴的研究范式得以继续。虽然从今天的角度来看，该文存在着不妥之处，甚至从审美形式来看，《论〈红楼梦〉》并没有揭示《红楼梦》的审美本质，但是从学理层面来看，《论〈红楼梦〉》的贡献是显著的，起码从何其芳开始，对《红楼梦》的审美和艺术鉴赏逐步形成体系，占领了红学的舞台。随后，在这种思想的熏陶下，涌现了大批艺术批评类的红学著作。在人物评论领域，蒋和森的《红楼梦论稿》无疑是其中的佼佼者。回顾该书的前半部分，蒋和森说：

> 想起我刚开始写这本书中的论文时，尚未至"而立"之年，学生时代的服装还没有在办公的桌子上磨破；真是"早岁那知世事艰"，居然也对《红楼梦》这部深刻地反映了社会人生的作品发起议论来了。[1]

对批判俞平伯这场运动，蒋和森自然是不会感到陌生的。而正是这场运动带给红学界的影响，激发了蒋和森的创作激情。事实证明，在佳作不断、人才辈出的红学界，蒋和森和他的《红楼梦论稿》璀璨夺目、独领风骚。

第三节　蒋和森与尼采美学中的"酒神精神"

尼采是继叔本华之后德国的另一位唯意志主义哲学家、美学家。在哲学思想上，尼采受叔本华影响颇深。在他看来，意志是世界的本质，是不理性

---

[1] 蒋和森：《红楼梦论稿》，人民文学出版社，2016，第413页。

的主观臆想，而世界与人生则是让人痛苦的、令人可怕的。但是尼采并不认同叔本华提倡的悲观主义与虚无主义，他以权力意志为出发点，利用权力意志来对抗生活的苦楚，进而创造欢乐与价值。在他看来，生命的价值建立在生命力与强力意志之上，生命的愉悦在于不断地进行创造，不断地与痛苦进行斗争。尼采美学观点是他哲学思想的重要组成部分，严格来说，尼采的美学理论体系不够严谨，但他的美学思想非常丰富，其中不乏创新性发现。从整个美学史来看，尼采具有开创性意义的美学思想对西方现当代美学、文艺的发展产生了巨大的影响。20世纪初，梁启超将尼采介绍给国人。随着研究的不断深入，尼采"重估一切价值"的否定意识对中国传统思想，特别是中国传统美学产生了巨大冲击。

20世纪初出现了"西学东渐"的大潮，梁启超在《进化论革命者颉德之学说》中把尼采的名字引入中国，而后尼采美学传入中国，给当时的中国文艺学家带来了新的思维方式。王国维对尼采的"天才论"进行阐释；鲁迅则从尼采的"个人主义"和"天才论"出发，开始对封建主义的种种旧思想进行批判；陈独秀则多次引用尼采的观点批判旧社会的道德观念。受尼采思想影响最深的是朱光潜，他在《悲剧心理学》一书中就是运用"酒神精神"和"日神精神"的冲突来阐释悲剧产生的思想和悲剧的本质意义的。

尼采美学在进入中国国门之后，经过了漫长曲折的发展阶段。20世纪中后期，伴随着马克思主义在中国的生根发芽，尼采的部分美学思想又重新被中国的学者发现。在研究尼采美学的同时，中国的美学界也异彩纷呈，出现了众多流派，呈现了百花齐放、百家争鸣的蓬勃景象。总的来说，尼采的美学思想对20世纪中国美学的发展影响深远。

在《悲剧的诞生》一书中，尼采首次提出了"酒神"的概念。酒神的名字叫狄俄尼索斯，是古希腊神话中的一位神祇。在尼采的概念中，日神精神和酒神精神是相对的，酒神精神强调从生命绝对无意义中获得悲剧性陶醉。他认为人生本是悲剧，而最大的悲剧则在于它缺乏最终的依据，生命的骄傲在于生命可承担自己的无意义且没有消沉。

一、侧面呈现感性色彩的小说《风萧萧》

在尼采的审美体系中，日神阿波罗是理性的，酒神狄俄尼索斯是感性的。日神阿波罗是形式美的代表，表达着古希腊文明的积极、乐观和开朗；而酒神狄俄尼索斯则是热烈生命的代表，它以一种肉体的醉态来调动个体情绪的兴奋，在激情的醉意状态下，理性暂时退却，感性被燃起，在这种状态下，人的欲望和本能得到彻底的解放，个体得以自由伸展，生命力得以全面焕发。酒神精神折射出来的就是充满感性色彩的生命力之美。

蒋和森是一位学者，也是一位作家，他没有绝对理性的态度，在他的观念里，绝对的理性不是排在第一位的，热烈的情感、非理性的意志则是起决定性作用的。正如尼采的呼吁"上帝死了"，要重估一切价值，要将其作为维护生命欲望和生命本能的思想武器，蒋和森的艺术世界和文学精神也有明显反对传统理学秩序的色彩。他依靠酒神精神直面人性深处情感、崇尚理性的同时，也不拒绝感性，他歌颂曹雪芹的澎湃的情感及张扬的人性，在新思想新环境下为人们从新的角度解读经典。酒神精神对于蒋和森来说不仅是理论依据，更是蒋和森的情怀、文学与思想的坚实支撑，是蒋和森文学作品中最具活力的力量源泉。

蒋和森创作于1982年的《风萧萧》全力表现了唐末农民起义尘土飞扬的历史图景，再现了历史生活的面貌，使读者在阅读中感受到深刻的历史主题和人性之美。《风萧萧》真实再现了唐末的社会环境，小说开头就以史实为依据描绘了唐末社会的矛盾：在昏庸小皇帝的执政下，宦官专权、自然灾害、盐价疯涨、赋税繁重等等，王朝末日的衰败景象折射了农民起义风暴下的时代特征。小说中黄巢、王仙芝等人物个性特征明显，故事中的情节也将现实与虚构处理得恰到好处，既有重要史料的真实性，也有虚构成分的浪漫。真实与艺术的结合体现了作者的追求与探索。《风萧萧》在高度概括黄巢、王仙芝领导的农民起义时还穿插了悲壮的历史事实，气势恢宏。我们从《风萧萧》中也能深刻感受到尼采所宣扬的酒神精神的热烈与迷狂。这是一种脱离了三纲五常，尽情寻求真理、自由、平等的"生命原欲"的力量。《风萧萧》中的风起云涌、浪漫激昂都展示了世界法则而非道德规范。他在该书中利用酒神精神的狂纵打破了吃人的社会对生命的压榨，为生存欲望与生命力量的彰显清除了障碍。在人性张扬和冲破一切秩序约束、三纲五常的桎梏中，强大的生命力量和洒脱的酒神精神得以迸发和倾泻。

二、抒情色彩浓郁的"《红楼梦》人物论"

在蒋和森的文学世界中，酒神精神是辅助人们看世界的工具，是人性的放大镜，酒神精神赋予人们的痴狂与沉醉，可以打破封建时代三纲五常的精神枷锁，暴露出人性的善与恶。另外，在人性视域下，还展现了剥夺了理性建构和权力秩序的世界的真实面貌。不论在《风萧萧》中，还是在对《红楼梦》几个主要人物的评论文章中，作者都有对人性的审视和对生命力的深化。同样是表达人性的热烈情感，在20世纪50年代，蒋和森对《红楼梦》人物的评论倾向于表达人性的真诚善良、生命的壮丽等美好的一面。

另外，在《贾宝玉论》中，蒋和森批判了封建制度下人民生命受到的摧残与践踏，描写了在封建统治者暴虐的淫威下，在当时异常苦闷的环境下，人性的挣扎与斗争：

> 这一时代，所以特别显得停滞和沉闷，还因为它正处于大变乱的前夕。过分苍老的中国封建社会终于经过了缓慢的历史长途，而行将迫近一个历史的终点。虽然，表面看来，这时清代王朝还维系着所谓"康乾盛世"，但这一"盛世"已经接近尾声，而与"盛世"俱来的歌舞升平、穷奢极侈、残酷剥削以及由此而引起的各种社会矛盾却在日益加剧。"人民群众直接从事政治创造的时期"（列宁语）正在深刻地酝酿与激化，在这之后不久，就爆发了一次广达数省、震动了清代朝廷的白莲教农民起义。此后，社会动乱一直连绵不绝，终于掀起了一次具有空前历史意义的农民大革命——太平天国运动。所以，这一时期，有如暴风雨之前的海洋，表面上似乎是云淡风轻，但大气却显得特别的潮湿和窒闷。[①]

---

① 蒋和森：《红楼梦论稿》，人民文学出版社，2016，第41页。

一切美好的思想、一切有生机的事物在重压之下挣扎呻吟，得不到解放和解脱。在这种环境压力下，人的心理状态也从斗志昂扬变得茫然、迷醉。

不同于平常的文学作品中对"肉食者"的描写，善于从"小人物"谈起的蒋和森更注重对底层人物精神世界和人性心理本能的刻画。在《〈红楼梦〉人物赞》之《妙玉》一文中，作者描写了花柳繁华的大观园中栊翠庵大门紧闭，而妙玉心中"邪魔"恣意乱撞，蒋和森评价她不是真正的出世者，而是一个把七情六欲掩盖起来的"槛外人"。在《妙玉》中，蒋和森认为，代表着纯洁与出世的妙玉在以修行之人的身份进入贾府以后，最后却是一步步走向泥淖、污垢的深渊。理性的消失，肉体的消亡，生命的韧性与美好最后也完全消失，以悲惨结局收场。

在几篇关于《红楼梦》人物评论的文章中，蒋和森欲意寻找封建礼教下依然有着活泼、美丽的人格，清醒且富有正义感的人物。从文本着手，作者就在贾宝玉和林黛玉不被绝对理性束缚的情感中不断发现当时社会环境下绝对理性的不可靠。事情的发展完全不受宝黛二人的控制，因此他们做出的反应亦不在意料之中。世事充满着偶然，人的意志也并非完全受理性控制，似乎所有企图把强意志力和理性放到生活轨道的约束都是徒劳和虚妄的。对于大观园的儿女来说，他们不但不会循规蹈矩，反而会反其道而行之。在暴力加持尚未实施以前，虽然贾府掌权者一边好言相劝一边威逼利诱，但宝黛的爱情之花依然灿烂绽放，他们心中对爱、对美和真理的追求依然执着。他们永远用灼热的目光注视着现实世界"不尽如人意"的人生，他们将人生的追求和理想植根于当下的情境与土壤之中。

蒋和森认为，林黛玉是一个看不透现实的聪明人，她永远向欢乐、向人生、向痛苦睁开眼睛。当林黛玉第一次因丧母无人照料而走进贾府时，花柳繁华的荣国府对待这位至亲贵戚非常周全。林黛玉被这种脉脉温情所包裹，并为之动容。贾母声泪俱下的思念，凤姐无微不至的照料，让初入贾府的林黛玉受到了百般怜爱，迎春、探春、惜春三位小姐倒靠后了。伴随着至高的宠爱而来的也有荣国府其他人投来的尊敬而热切的目光。然而后来，当林黛玉在荣国府遇到了错综复杂的人际关系后，随分从时、装愚守拙的生存方式让她极度不适应，谄媚逢迎、诡谲进谗的周围环境击碎了林黛玉的心。蒋和森从阶级的角度分析了林黛玉的精神世界：一直以来，优渥的上层社会的生活培养了她贵族女性的娇贵、清高和生活情调，这使她对生活中的庸俗行为非常憎恨，她单纯且明净的心没有被阶级尘屑湮没，她没有按照封建礼教规定的方向发展，生活中的另一个世界深深吸引了这个纯真智慧的少女——这就是诗的国土、爱情的国土。她诗词中那些清妍雅丽、哀怨纤浓的风格令人叹服，其中也不乏自然朴素、类似陶渊明诗歌风格的佳作。林黛玉的灵秀、一言一行带给了我们如芳草般的清气和韵味，她鲜活灵动、襟怀洒落。然而，这种青春生命释放出来的光彩对于她来说却是沉重的负担，正如尼采的日神和酒神精神没能完全协调所导致的悲伤结局。她特有的"艺术型"性格的敏感细致令她时刻感受到生活中潮湿阴冷的气息。在"女子无才便是德"的封建时代，她遭受了比一般女性更多的来自社会的折磨。马克思说，精神才是一切中最丰富的东西。然而在那个时代，一个人的精神越丰富，就越会感到痛苦。契诃夫也曾说，越是高尚，也就越不幸福。诗人杜甫也曾发出这样的感慨："文章憎命达，魑魅喜人过。"这种智慧带来的痛苦只能被幽禁于生活的铁栅之中，落寞地燃烧。

在这种情况下，蒋和森做了这样的评价：

> 这个聪明的少女，不仅懂得感情，也能体察人情。她看得出凤姐的"花胡哨"，也看得出荣国府人们之间的"虎视眈眈"、"背地里言三语四"，她更是没有一刻忘记过自己原是"无依无靠，投奔了来的"……她似乎一切都看得很明白，但独独看不到自己的锋芒毕露将会带来什么样的后果；更没有想到自己是多么需要乖觉一点，就可以利用贾母的"怜爱"和自己的许多有利条件，在这里为自己铺下一块福地。①

---

① 蒋和森:《红楼梦论稿》，人民文学出版社，2016，第100页。

随着事态的发展，林黛玉身上所背负的压力也是愈来愈大，慢慢地成为一种威胁，阴冷的空气逐步向她袭来。三纲五常的伦理道德无法左右自由的灵魂，强大的控制也无法禁锢自由的意志。蒋和森所要表达的也是当时思想解放的年轻人面对的种种考验。

三、蒋和森《红楼梦论稿》与尼采美学悲剧观的契合

悲剧首先在希腊产生，尼采的哲学和美学思想也正是源于他对希腊悲剧的思索。古希腊人情感丰富，他们一方面有着细腻敏感的心灵，另一方面他们对于生活、对于活下去有着强烈的伴随着焦虑的欲望，他们恐惧死亡，因此常常陷入痛苦之中。为了消除这种负面情绪，为了更好地活下去，日神把艺术带到希腊人的生活中，这种梦境般的快乐可以让他们幸福地生活。因此古希腊人有了这种积极的生活态度，当他们面对人生的苦痛时，可以从中得到形而上的慰藉，因此可以一直经历快乐顺遂的人生。那么，这种慰藉是怎么体现的呢？答案也是在悲剧中。在艺术的世界里，形而上的审美观可以为痛苦形成一个宽阔的缓冲带，在这个缓冲的时空中，人们会感受到生命力的强大和生生不息，他们会为之产生喜悦之情，由此更加尊重生命，即便是面对生命的绝境和痛苦，依然不会损害生命的意志和喜悦。一切苦难成了生命力沸腾的催化剂。这是一种极致生命的魅力和诱惑。

1. 刻画苦痛的《曹雪芹和他的〈红楼梦〉》

蒋和森在长篇叙述曹雪芹生平、分析他的伟大作品《红楼梦》时，开篇就提及曹雪芹为之付出的巨大精力，他认为曹雪芹并不是一个论著丰富的艺术大师，而是一位成熟的文学天才，这在世界文学史上也是屈指可数的，但是他却受到了那个社会的遗弃。这也是旧社会天才的普遍命运：带着沉重的悲伤和哀痛走过一生。曹雪芹在巴尔扎克和托尔斯泰还未崭露头角时就创作了《红楼梦》，可是这样巨大的贡献没有让他名垂青史，甚至连一篇完整的关于他的传记都没有，没有人清楚他具体的生卒年月。曹雪芹出生在富贵之家，后来因获罪被抄家，逐渐衰败。因为自幼接受了良好的教育，且形成了

正确的价值观，所以才没有被迷乱的贵族生活腐化，他用非常清醒的态度回忆、评价、描述着过去的一切。

> 在"国之本在家"的中国封建宗法社会里，家庭与政治常常打成一片，从而造成政治家庭化与家庭政治化的现象。曹家集贵族、官僚、地主于一身，它比一般家庭更充分地体现了当时的政治经济和思想道统精神，而成为当时社会矛盾的焦点。因此，曹雪芹在那里能够感受到某些社会的动荡和历史现象的投影。[①]

曹雪芹身在其中，他的人生经历为他的创作打下了基础。曹雪芹善于诗画，放达、豪饮，我们仅仅能从极少资料记载中粗略了解他的部分信息。在文献不足的状况下，《红楼梦》本身就够我们研究了，其中不仅包含了丰富的艺术和美学上的问题，还有作者丰富的阅历、深厚的艺术素养以及一颗高尚且坚忍的艺术家的心灵值得我们探究。

曹雪芹是一个坚忍的天才，他在瓦灶绳床、茅椽蓬牖、举家食粥酒常赊等的艰难情况下依然能坚持写作。处在旧时代的中国作家所遭受的困厄是我们今天无法想象的，正如蒋和森先生所说，我们民族最宝贵的文化大多是在流放、酷刑、饥饿等艰难的条件下传承下来的。这种坚韧不拔的精神也同样支撑着曹雪芹，支撑着《红楼梦》这部伟大的著作。"备记风月繁华之盛"的《红楼梦》笔如游龙，曲折顿挫，但是在当时的社会根本得不到回声。无人欣赏他的创作，更有一股压力时刻压迫着他，这就是传统社会对小说文学的偏见，特别是在清代，小说文学遭到残酷打击。后来兴起的"文字狱"及其所带来的杀身之祸也时刻威胁着曹雪芹。然而，就是在这样恶劣的环境下，曹雪芹依然坚持艺术创作，直到他"泪尽而逝"。

到底是什么动力推动了他的创作热情呢？是他的精神品质，他的坚忍，他对文学和艺术的痴狂。他以顽强不屈的意志坚持了下来，扛过了生活的重

[①] 蒋和森：《红楼梦论稿》，人民文学出版社，2016，第204页。

压，熬过了一次次的难关。也正是这种生命之苦，催生了他对生命强大的热情和追求，这种追求让他的生命更加沸腾，让他身体的每一个部分都迸发出前所未有的活力和韧性。他的生命得到了前所未有的升华、前所未有的丰盈。这也是尼采所说的，在恶劣的环境中才能最大程度地释放人生的权力意志，才能让生命得到充分的原始状态的沸腾。在《悲剧的诞生》一书中尼采曾说，悲剧的本质是酒神状态的形象化，只有从审美的角度理解、解释悲剧，才能让人理解悲剧是伟大生命的催化剂，人类的进步和成长都是以痛苦为必要条件的。个体生命在面对苦难时所表现出的坚韧和顽强正是生命的强壮剂。

2. 书写"悲剧美"的《〈红楼梦〉人物赞》

人这一生除了死亡之外，最糟糕、最可怕的事情莫过于发生悲剧。当悲剧来临时，我们感到惊恐、害怕、不安，特别害怕悲剧会覆盖、毁灭我们的生活。尼采在他的著作《悲剧的诞生》一书中，借酒神狄俄尼索斯表达了他既悲观又积极向上的人生哲学，现实世界的残酷、虚伪和矛盾使人生必定具有痛苦和悲剧性质，但狄俄尼索斯式的人生态度并不因痛苦悲剧而对现实世界抱以怨恨厌倦的态度，而是采取积极进取的强者态度，正视现实，以积极的虚无主义否定对虚构的"真实世界"的信仰，"热爱命运"即热爱生命，不是消极地求生存，而是积极地扩张生命意志。尼采把悲剧看成是美学的重要组成部分，他放弃了从历史哲学的角度来认识悲剧神话，挣脱了那些道德的解说模式。在他看来，所谓的道德解说模式是人们出于习惯加诸悲剧之上的。以下这段话更是明确表明了这一放弃：

> 作为对我们的贬降与提升的原因，这一点是我们必须首先要弄清楚的，即整部艺术喜剧根本不是为了我们，比如为了我们的改善和教化而上演的，我们同样也不是那个艺术世界的真正创造者；但关于我们自己，我们也许可以假定，对那个艺术世界的真正创造者而言，我们已然是形象和艺术投影，在艺术作品的意义方面具有我们至高的尊严——因为唯有作为审美现象，此在与世界才是永远合

理的——而无疑地，我们对于这种意义的意识与画布上的武士对画面上描述的战役的意识几乎没有区别。①

尼采想告诉我们，悲剧并不可怕，可怕的是我们不知道悲剧存在的意义和价值。在尼采的概念里，每个生命都必然与痛苦和悲剧相随相伴，因此我们需要酒神和日神通过艺术来救赎人类的心灵，艺术形而上的意蕴可以让我们远离人间的纠葛，感受到生命的永恒。因为，个人的悲剧只是表象，在这种表象的背后是经历巨大苦痛而永远留存的生生不息的律动和酒神带来的醉感喜悦。

蒋和森擅长在作品中渲染悲剧的意境，并对悲剧中产生的情感和美进行精心描绘：

> 你本是天生的富贵命，可是却充当了悲剧的主人公。
>
> 当你还没有出世，人间的荣华富贵就已一一预置在你的身边。膏粱锦绣，娇养着你的肌体；诗书翰墨，熏染着你的灵魂；更有那说不尽的金光玉色和粉淡脂红，填满了你的日子。
>
> 可是，丰裕的物质财富，填补不了你精神的空虚；僵硬的封建教育，斩杀了你的"自然之趣"；而只恨"天天圈在家里"的生活，又使你好像置身于一座黄金铸成的囚笼。
>
> 于是，从你那娇嫩的手上，也举起了反封建的旗帜。
>
> 你视功名如腐鼠，疾仕途若污泥。②

这是《〈红楼梦〉人物赞》中对贾宝玉的悲美交加的人生的描写。

> 潇湘馆的竹影，用幽暗的绿色深染着你的眉尖；时代的大气，

---

① 尼采：《尼采三书·悲剧的诞生》，孙周兴等译，上海人民出版社，2018，第56-57页。
② 蒋和森：《红楼梦论稿》，人民文学出版社，2016，第188-189页。

把浓重的忧郁渗入了你的灵魂。

幼丧父母、寄人篱下的命运，在你的内心结成解不开的隐痛。大观园里的繁华热闹，只是愈益衬托出你心里的孤寂；别人家中的笑语温情，却又加重了你心里的悲酸；而靠着别人的怜悯和施舍来过日子，更是严重地挫伤了你的自尊。

于是，你叹身世如风吹落花，题素怨问谁解秋心。

依人为活的处境，只是使你的眼泪添多，并没有使你的骨格变弯。你依然"孤高自许"，爱说就说、爱恼就恼，从不知道"装愚守拙、随分从时"。[①]

这是《〈红楼梦〉人物赞》中对林黛玉凄美人生的描述。这种文字细腻、语言考究且论点精辟的论述意境深远，读者由此可以全方位地领悟到林黛玉的率真、多愁善感、不卑不屈、自重自尊且自爱的人格魅力，进而深深地被她对旧社会的反抗精神和她对爱情的专一执着的可贵品质所打动。

蒋和森主宰着自己的文字世界，恣意地抒发着自己热情洋溢的情感，每一个文字都在铺陈着美丽高贵的人格和个体生命的凄美结局，这样一份壮美悲情的背后是蒋和森对真切的美和爱的缅怀与赞美，是对于那些鲜活的生命个体的赞颂和尊重。蒋和森笔下的红楼人物，不论是上流社会的公子小姐，还是底层的丫鬟奴仆，大多是上演了一场又一场的人间悲情。为了正义，为了爱，为了至情至性的真情，他们什么都会去做，他们不怕死亡和牺牲。

贾府老奴焦大，如果给他一个标签，那就是"忠心耿耿"。曹雪芹对焦大着墨并不多，但是焦大给读者的印象却是极其深刻的。对贾家感情极深的焦大看到不求上进的贾府年轻一代，非常失落，因此就出现了"醉骂"的一幕。对于峥嵘轩峻的贾府，焦大立下了汗马功劳。作为宁府三朝元老，焦大与贾母同辈，当年在战场上他不顾生命安危，把宁府的老爷从生死边缘背出来，挽救了他的性命，这样才有了日后繁华的贾府。在老国公在世时，焦大

---

① 蒋和森：《红楼梦论稿》，人民文学出版社，2016，第191页。

在贾府地位很高，非常有面子，然而贾敬出家以后，后辈们不知感恩，完全不顾及当年恩情，把苦累活分给焦大。焦大对此非常不满，经常喝酒消愁，醉酒后常常破口大骂。焦大是在醉酒的状态下破口大骂，因此有意识不清醒的特点，他说"咱们红刀子进去，白刀子出来"，这种语序颠倒、逻辑上的明显错误显然是因为他喝醉了。表面上他的确是喝醉了才导致语言错乱，事实上曹雪芹另有所指，作者是借此暗示贾府后人的黑白颠倒、恩将仇报。因此焦大醉骂可以说是一个特别精彩的戏剧性场面，给我们暗示了贾家败落的根源。

从焦大的醉骂中，读者可以看出焦大是个无畏的人物，作为一名功劳显赫的奴仆，焦大的确是不幸的。

> 看《红楼梦》，觉得贾府上是言论颇不自由的地方。焦大以奴才的身份，仗着酒醉，从主子骂起，直到别的一切奴才，说只有两个石狮子干净。结果怎样呢？结果是主子深恶，奴才痛嫉，给他塞了一嘴马粪。
>
> 其实是，焦大的骂，并非要打倒贾府，倒是要贾府好，不过说主奴如此，贾府就弄不下去罢了。然而得到的报酬是马粪。所以这焦大，实在是贾府的屈原，假使他能做文章，我想，恐怕也会有一篇《离骚》之类。[1]

这是鲁迅在《言论自由的界限》一文中对焦大的评价。
王昆仑在《红楼梦人物论》中也对焦大发出的怒吼给予了同情：

> 他一喝醉了酒，一切看不惯的事都涌上心来，破口大骂……
> 在茫茫的暗雾之中，万马齐喑，江河日下，猛听得一声喊叫，撕裂开那些荒淫而伪善的面皮，也未曾不使人感到一阵痛快。然

---

[1] 鲁迅：《鲁迅全集》，江苏凤凰文艺出版社，2020，第309页。

而，焦大发出来的并不是反抗的怒吼，而是痛惜主子没落的悲鸣。他顽固地回忆着当年贾府祖宗们兴家立业的光荣，却无法挽救现在这些小主子们的丧德败家，同时又对他"焦大太爷"不加抬举，因此悲忿填胸……其结局呢？也许是由他在无人一顾的地方去倒毙吧？因为他的活着对统治阶级也只能起暴露的消极作用了。[①]

蒋和森认为"醉酒"恰恰才能说真话，表面上"醒着的"人，往往故意说假话造假。这一切正是黑暗的封建社会的真实写照。

> 骂声如穿堂入室的狂飚，猛掀开遮盖污秽的绣帏；
>
> 骂声如不及掩耳的迅雷，把众人都"吓得魂飞魄丧"；
>
> 你骂的原本句句是实，可是封建主子却说那是"胡诌"。痴公子没有"装作不听见"都有过失。
>
> 你看得原本事事皆明，可是封建主子却说你是"醉汉"。为了封闭真相，把你捆起来用马粪填满一嘴。
>
> 是的，你充当了"贾府的屈原"；然而你用醉骂所赋出的"离骚"，却无需学究注解，人人都能看懂。
>
> 你仿佛在启示人们：俚俗胜似典雅，真理不用藻饰。
>
> 你更告诉人们：在那一时代里，只有喝醉的人，才说得真、看得明；而那些"醒"着的人，却在说假、装假、做假。
>
> 其实，这不正是一切黑暗社会的真实写照？[②]

蒋和森描述悲剧的作品意在让我们感受悲情美。人都会遇到悲剧，而如何面对悲剧，如何在体验悲剧的过程中感受个人价值的生成，如何在悲剧的情感跌宕中释放出美的永恒才是悲剧的力量所在。

---

① 王昆仑：《红楼梦人物论》，北京出版社，2003，第189-190页。
② 蒋和森：《红楼梦论稿》，人民文学出版社，2016，第200-201页。

3. 悲剧中蕴藏的永恒的生命力

悲剧之所以能呈现最佳的艺术功能、实现艺术终极目的，是因为悲剧中的酒神精神和日神精神的结合。尼采认为，悲剧产生于人性中狄俄尼索斯精神与阿波罗精神的持久对立与冲突，这种对立与冲突也是悲剧本质的体现。蒋和森对在苦难中挣扎的血性生命个体极力赞美，在他的意念中，像尤三姐一样奔赴死亡的悲剧个体用生命践行了自己的渴望和理想，凸显了生命力的顽强。

一个无所畏惧的、愿意为了真理去奔赴的人才是一个自然的、健康的人。关于什么是王道，什么是贞洁，这些概念和定义由谁来定？被谁所束缚？长久以来流传下来的封建道德律令把封建社会的女性层层包裹，让她们无法呼吸。而尤三姐是个特例，她是一个为自己的人生做主、不怕外人非议、不怕道德绑架、敢于追求自己所爱的女性。她蔑视荒淫无度的男性，蔑视当时的礼法和三纲五常的道德准则，她不在乎压在自己身上令自己的生命意志无法自由喘息的道德阻碍，她只在乎自己的意念、自己的渴望，为了心之所向，她勇敢追求自己的爱情、自己的幸福，更是勇于用热血和生命来证明自己炙热忠贞的情感。在尼采看来，生命就是力的释放和积累，是一种积极、主动、肯定自己的狂喜状态。如果一个人不能成为他自己，又如何能拥有他的自身价值呢？尼采对西方基督教宣扬的奴隶式的伦理道德给予批判，他认为这些奴性化的道德像枷锁一样成为人们肩上背负的沉重负担，这也让生命原有的喜悦消失殆尽，封建社会的传统道德观也让整个社会的传统女性活得窒息、压抑。

蒋和森在《〈红楼梦〉人物赞》中对尤三姐赞叹有加：

> 在群芳争妍的大观园里，找不到你这朵光飞异彩的奇花。
> 你没有习礼明诗的教养，"忽喜忽嗔，没半刻斯文"；
> 你没有题红咏絮的幽情，满嘴里说的是"村俗流言"；
> 你也没有卜花拜月的清怨，只是"由着性儿"，拿风流公子嘲骂
> 取笑；

然而，你却以这种泼得令人生畏的性格，赢得了无数读者的
同情。[1]

这样高的评价与尼采的价值观相符合，他们都在各自的环境中书写了反叛，表达着让生命尽情绽放的夙愿。蒋和森通过尤三姐的呐喊，诠释了尼采的是非观。

一部作品如果全是对弱者的怜悯和对统治者的控诉，那就失去了真实性和趣味性，也将使作品本身失去传播价值。在《红楼梦论稿》中，除了书写林黛玉、尤三姐这种弱势群体之外，蒋和森也描写了生活在贾府食物链顶端、在封建大家族游刃有余的人物。而这些正是生活的本质所在，这些都是人性的真实流淌，真正的生活不是完美无瑕的碧玉，而是充满了裂痕和污点的玉石，这才是生活的真实状态。尼采和蒋和森都在告知我们，要尊重生命的本来面貌，用真实的个体去演绎精彩，忠实于自己，抛却世俗眼光，热烈地追逐爱和自由。

如在关于薛宝钗的论述中，蒋和森明确指出薛宝钗是披着金光闪闪的封建道德外衣的大家闺秀。她随分从事、行为豁达、不骄横，甚至还善于治家理财、通晓庶务，她生活质朴、端庄凝重、温厚贤淑。然而蒋和森却说，薛宝钗的这种品格端庄的特点其实正是她的虚伪造成的。因为薛宝钗的虚伪和贤淑的形象相伴相随，甚至成了她本人也意识不到的一种自然的习惯，所以，这位少女因为会做人而表现出来的虚伪就经常呈现为一种暧昧复杂的状态，而且在不同场合不同关系下以不同形式表现出来，令人难以甄别。比如面对封建家族贾家的最高统治者贾母，她知道这位老祖宗最在意的是如何享福，如何在最后的时光享尽世间繁华，所以，哪怕是假装的快乐，她也能够满足这个老太太的心理需求。薛宝钗正是曲意迎合了老太太的情感需求，在老祖宗面前表达出了自己的孝心和会做人。如在她过生日时，唱戏摆酒，众人来祝贺，贾母问她爱听什么戏，爱吃什么食物，她一并按照贾母的喜好说

---

[1] 蒋和森：《红楼梦论稿》，人民文学出版社，2016，第201页。

出，因此让贾母更加欢喜。面对金钏的投井自杀，她却冷漠至极。但是薛宝钗这样一个与封建礼教彼此融合的少女依然没有摆脱她悲伤的命运：

> 宝钗，宝钗，如果得到"好风"的"借力"，又何尝不能成为一枝宝剑？这是一枝以黄金为外壳并镂刻着美丽花纹的宝剑；一枝适于佩挂在蟒袍玉带上的宝剑；然而，这又是一枝未出鞘而锈毁掉的宝剑！①

"金簪雪里埋"是薛宝钗悲剧的暗示，"机关算尽太聪明"是对王熙凤悲剧的评价……《红楼梦》不是历史书，曹雪芹不是在记叙历史故事，不是消极地抒发自己的情绪，这一切的悲剧、个体的毁灭、人生的痛苦和冲突，终究让读者感受到世事的真谛以及生命的凋亡之美、悲剧之美。一切悲剧最后都升华为高度提炼的美。在尼采的悲剧世界中，那种只能引起人们怜悯之心的、严肃的、毫无净化效果的剧情根本谈不上是悲剧，最多是一种宣泄。真正的悲剧应该是具有审美意味的，是在恐惧、怜悯等意识退却后，从审美角度获得的特有的感情。在他的概念里，个体苦痛与欢喜交错在一起。个体生命灭亡以后，会升腾出狂喜的幸福感状态，那就是酒神的存在本质。在蒋和森的作品中，他在描写几位女性走向悲剧结局时的那种追求真善美、向死而生的感人状态和尼采的悲剧酒神观高度契合。生命是永恒的，爱和美也是永恒的，生命虽然毁灭，但是生成了永恒。

---

① 蒋和森：《红楼梦论稿》，人民文学出版社，2016，第163页。

第二章　《红楼梦论稿》的版本流变 ≫

第一节　主要版本简析

《红楼梦论稿》在1959年由人民文学出版社首次出版，又经历了四次改动，其中前两次改动幅度较大。1959年版共包括7篇文章：《贾宝玉论》《林黛玉论》《薛宝钗论》《探春论》《曹雪芹和他的"红楼梦"》《略谈曹雪芹的表现艺术》《"红楼梦"的现实主义传统及其创作特色》。蒋和森从文艺鉴赏的角度对《红楼梦》的主要人物进行了分析，这在红学史上是继王昆仑的《红楼梦人物论》之后又一次系统地对人物形象进行分析的学术著作。其优美的语言和理性的分析不仅让带有浓厚政治色彩的批评暗淡无光，也在同时代的类似作品中鹤立鸡群，丰富了人物评论的思路和方式。

这部作品问世以后就轰动了整个文学界，产生了广泛的影响。前文提到，蒋和森是在"批俞运动"结束以后评论《红楼梦》的，在提倡对《红楼梦》进行艺术品鉴的环境下，他尽力摆脱政治束缚，从文学批评的角度对《红楼梦》的人物形象和社会背景进行分析，既表达了个人对《红楼梦》的理解，又顺应了红学发展的潮流。因此，其卓越的艺术手法也就得到了大部分读者的认同。但是，《红楼梦论稿》在流传的过程中也并非十分顺利，最终也没有躲过"文革"十年浩劫，《人民文学》停刊，蒋和森步何其芳的后尘，也被戴上了"修正主义红学代表"的帽子，《红楼梦论稿》被列为禁书。蒋和森被下放到农村劳动改造，冯其庸以行吟泽畔的屈原比之："闻君乡病欲探君，忽听噩耗泪满巾。千古文章才不尽，九泉先报曹雪芹。"①尽管这样的历史风云挫伤了学者的积极性，但是《红楼梦论稿》在当时的社会产生了极大的影响是明确的事实。面对这样一部优秀的作品，如何让其在新的社会环境下重现光芒，也成了红学界面临的新问题。尤其在"文革"结束后，文学界呈现了百家争鸣、百花齐放的景象。以《红楼梦论稿》的影响力和蒋和森的知名度，以及学界对《红楼梦》的重视程度，《红楼梦论稿》的重新出版是情理之中的事情。因此，蒋和森将原来各篇文章进行修改补充以后，又将1963年纪念曹雪芹逝世200周年以后发表的大部分红学论文加入其中，于1981年再次出版。

"文革"结束后，来自天南海北的读者充满热情的信重新燃起了蒋和森对《红楼梦》的满腔赤诚。重读《红楼梦》，蒋和森有了更深刻的感悟和更丰富的体会，其中折射的盛衰之理、人情之常让他进一步感受到了这部名著背后的社会意义，也让他对《红楼梦》的真与美有了进一步的探索。蒋氏认为，将"真"与"美"结合在一起，使理性分析与感性思维相结合是《红楼梦》的真正价值所在，它突破了古典文学和文艺理论互不干涉的模式。蒋和森认为应该用充满感情的文字来评论之：

> 对于《红楼梦》这样一部充满诗意的作品，我觉得也不能待以"冰结"的感情或数学式的智力。真正明智的哲学头脑，应是热烈感情的升华。大哲学家大理论家都是感情丰富的人，只不过是采取

---

① 冯其庸：《哭蒋和森》，《红楼梦学刊》1996年第4期，第39页。

逻辑思维的表现形式。因此,对于《红楼梦》这部伟大的祖国文学遗产,我们不仅要用先进的思想来认识它,还要用热烈的感情来拥抱它。[①]

因此,蒋和森在百忙之中抽出时间开始了对《红楼梦论稿》的修改和校订工作。这次新增的文章都是在1963年纪念曹雪芹逝世200周年以后写的,经过修改完成后陆续发表,并最终结集出版。笔者查找了1959年到1981年的报刊索引,现将这些文章篇目按照完成的时间顺序列表,见表1。

表1 《红楼梦论稿》中的部分文章完成时间

时间	作品
1954年	《薛宝钗论》
1955年	《略谈曹雪芹的表现艺术》
1956年	《贾宝玉论》
1957年	《林黛玉论》
	《探春论》
1958年	《曹雪芹和他的"红楼梦"》(1981年版改名为《曹雪芹和他的〈红楼梦〉》)
1963年	《〈红楼梦〉人物赞》
	《论〈红楼梦〉的爱情描写》
	《塑造正面人物——〈红楼梦〉散论之一》
	《枝叶与花果——〈红楼梦〉散论之二》
	《人物的阶级性——〈红楼梦〉散论之三》
1981年	《鸳鸯之死——〈红楼梦〉散论之四》
	《在"温情脉脉的面纱"背后——〈红楼梦〉散论之五》
	《香菱的名字——〈红楼梦〉散论之六》

---

① 蒋和森:《红楼梦论稿》,人民文学出版社,1981,第364页。

从发表的时间上来看,蒋和森的写作热情是高涨的。1963年创作颇丰,共发表4篇文章。之后因受到错误批判而停笔。

除去时代环境的客观因素,蒋和森在主观意识上也有自己的想法。从前文对蒋和森的介绍来看,他并不是一个见风使舵、与世浮沉之人,他有着自己的学术底线,是一个耿直的、实事求是的学者。从文中所列文章篇目来看,1963年到1981年期间,蒋和森并没有在1959年版本的基础上进行修改,没有因为"爱情主线说"被批判而对《红楼梦论稿》进行大幅度的调整。因此,蒋和森在1963年以后没有对之前的文章进行大量修改的原因是他内心深处不想修改,尤其是对《红楼梦》爱情的描写。爱情反映着人们的灵魂和时代的背景,是古往今来诗歌和戏曲永恒的主题,把蒋和森的"爱情主题"当作"修正主义"进行打击,是毫无根据的。我们从1959年的版本中也不难看出蒋和森对《红楼梦》中宝、黛、钗爱情描写的重视,换言之,对主要人物的爱情描写的修改最能体现蒋和森对当时"修正主义"论调的赞同程度。而我们从《红楼梦论稿》中也能明显看出,蒋和森对宝、黛、钗的悲剧人生的描写重点在对他们爱情纠葛的探讨上。他认为宝、黛、钗的爱情悲剧带领读者进入了一种极高的美学境界,他们的爱情悲剧体现了那一时代青年的痛苦,林黛玉和贾宝玉勇于追求纯真爱情的精神值得歌颂。而薛宝钗也同样是封建婚姻制度的殉葬者,她的美丽和才华最终伴随着婚姻的悲剧而泯灭。这些评论显然与当时讲究阶级斗争、"一切以政治为纲"的指导思想是冲突的。因此,是否继续写作、如何写作是严肃的问题。蒋和森所具有的可贵的学术品质让他没有继续动笔,为读者保留下来了《红楼梦论稿》的本来面目。1981年的版本是以1959年的版本和1963年发表的几篇文章为底本的,只是在一定程度上做了修改,并在之前的基础上进行了续写,篇章顺序基本与1959年的版本相同,个别篇名有了改动,如20世纪80年代见刊的《思想和艺术的完美统一——"宝玉被打"析》,原作《略谈曹雪芹的表现艺术》;《〈红楼梦〉在中国文学发展上的意义》,原作《"红楼梦"的现实主义传统及其创作特色》;《曹雪芹和他的〈红楼梦〉》,原作《曹雪芹和他的"红楼梦"》。修改完成的几篇评论中,内容上有轻微的改动,篇幅和主旨变动不大。

《红楼梦论稿》第三个版本是1990年人民文学出版社出版的。蒋和森在《三版后记》里这样写道：

> 生活似乎总是令人迷惑，我虽然研究《红楼梦》，可是却又怕谈《红楼梦》。如果一定要问是何原因，我只能回答：最好还是去读《红楼梦》；因为它将告诉你什么是文学，为什么文学特别像《红楼梦》这样的作品这么难谈？假如我的那些谬误的论文，能引起读《红楼梦》的兴趣和思考——对人、对生活、对世界的思考，我就非常非常满足了。[①]

作者这段话道出了他修订续写《红楼梦论稿》的原因，由此读者也不难理解《红楼梦论稿》再次出版的意义所在。这次出版按照1981年的版本重新刊出，对文中个别文字进行了润色修改。这就是《红楼梦论稿》的第三个版本。

2006年，《红楼梦论稿》第四次出版，恰值蒋和森逝世十周年。此次出版由蒋和森的夫人张晓萃女士负责整理，增入了《红楼梦》绘图珍藏本前言《红楼梦引论》一文，其余的篇章还是按照1981年的版本。张晓萃在通行本《红楼梦论稿》的《后记》中写道：

> 岁月匆匆，不知不觉到现在已过去了将近半个世纪。原以为随着学术上的不断拓新，这本书也像人生旅程中的一名过客，到了淡化退出历史的时刻。不曾想人民文学出版社在去年岁尾决定出版一套《红楼梦》研究丛书，其中包括《红楼梦论稿》。这样就又有了再次出版的机会。[②]

这段文字显示了张晓萃女士的满腔谦逊之情，让我们对《红楼梦论稿》

---

① 蒋和森：《红楼梦论稿》，人民文学出版社，1990，第382页。
② 蒋和森：《红楼梦论稿》，人民文学出版社，2016，第426页。

第四次出版的缘由有了大致了解。事实上，这次发行的通行本在前四种版本系统中是最完整的一种。

2016年，人民文学出版社第五次出版《红楼梦论稿》，除排版和页码与第四版有些许变化之外，其余内容和第四版本完全相同。

表2　《红楼梦论稿》的前四个版本内容对比

项目		1959年版	1981年版	1990年版	2006年版
出版社		人民文学出版社	人民文学出版社	人民文学出版社	人民文学出版社
篇目	1	《贾宝玉论》	《贾宝玉论》	《贾宝玉论》	《红楼梦引论》
	2	《林黛玉论》	《林黛玉论》	《林黛玉论》	《贾宝玉论》
	3	《薛宝钗论》	《薛宝钗论》	《薛宝钗论》	《林黛玉论》
	4	《探春论》	《探春论》	《探春论》	《薛宝钗论》
	5	《曹雪芹和他的"红楼梦"》	《〈红楼梦〉人物赞》	《〈红楼梦〉人物赞》	《探春论》
	6	《略谈曹雪芹的表现艺术》	《曹雪芹和他的〈红楼梦〉》	《曹雪芹和他的〈红楼梦〉》	《〈红楼梦〉人物赞》
	7	《"红楼梦"的现实主义传统及其创作特色》	《〈红楼梦〉艺术论》	《〈红楼梦〉艺术论》	《曹雪芹和他的〈红楼梦〉》
	8		《思想和艺术的完美统一——"宝玉被打"析》	《思想和艺术的完美统一——"宝玉被打"析》	《〈红楼梦〉艺术论》
	9		《〈红楼梦〉在中国文学发展上的意义》	《〈红楼梦〉在中国文学发展上的意义》	《思想和艺术的完美统一——"宝玉被打"析》
	10		《论〈红楼梦〉的爱情描写》	《论〈红楼梦〉的爱情描写》	《〈红楼梦〉在中国文学发展上的意义》
	11		《塑造正面人物——〈红楼梦〉散论之一》	《塑造正面人物——〈红楼梦〉散论之一》	《论〈红楼梦〉的爱情描写》

项目		1959年版	1981年版	1990年版	2006年版
篇目	12		《枝叶与花果——〈红楼梦〉散论之二》	《枝叶与花果——〈红楼梦〉散论之二》	《塑造正面人物——〈红楼梦〉散论之一》
	13		《人物的阶级性——〈红楼梦〉散论之三》	《人物的阶级性——〈红楼梦〉散论之三》	《枝叶与花果——〈红楼梦〉散论之二》
	14		《鸳鸯之死——〈红楼梦〉散论之四》	《鸳鸯之死——〈红楼梦〉散论之四》	《人物的阶级性——〈红楼梦〉散论之三》
	15		《在"温情脉脉的面纱"背后——〈红楼梦〉散论之五》	《在"温情脉脉的面纱"背后——〈红楼梦〉散论之五》	《鸳鸯之死——〈红楼梦〉散论之四》
	16		《香菱的名字——〈红楼梦〉散论之六》	《香菱的名字——〈红楼梦〉散论之六》	《在"温情脉脉的面纱"背后——〈红楼梦〉散论之五》
	17				《香菱的名字——〈红楼梦〉散论之六》
后记		蒋和森写于1958年8月	蒋和森写于1980年12月	蒋和森写于1987年8月	张晓萃写于2006年2月

第二节　引文参考底本分析

中国古代小说在流传的过程中往往会出现很多的版本，不同版本之间在不同的方面存在着各种各样的差别。一处细微的差别就有可能造成不同的表达效果，甚至会对故事的发展和情节的走向产生重大影响。《红楼梦》是古代小说中版本最为复杂的一部，脂本和程本之间的不同之处非常明显，甚至呈现了不同的人物形象。以不同的底本作参考，就必然会形成不同的观点，因此，红学领域持不同结论者众多，对于同一个人物的观点，往往众说纷纭、各抒己见。《红楼梦论稿》是对《红楼梦》进行研究的著作，其中也必然会引用《红楼梦》的原文，因此，《红楼梦论稿》中引文参照底本的问题也是值得进一步深究的课题。

蒋和森在1981年版《红楼梦论稿》的注释中提道："本书所引《红楼梦》原文，主要根据《脂砚斋重评石头记》（庚辰本）和通行'程乙本'（人民文学出版社）。"也就是说，蒋和森主要以庚辰本和通行的程乙本为底本，这在《红楼梦论稿》的文本中也能体现出来。比如在《贾宝玉论》一文中共有21处引用，其中程乙本6处，庚辰本5处，与庚辰本和程乙本相重合的有1处。从这个数字可看出，引文确实如作者所说，大部分出自庚辰本和通行的程乙本。但是，笔者通过对所有引文进行详细梳理和对照之后，发现事实并非如此。在《红楼梦论稿》的94处引文中，仅有16处引文出自程乙本，11处出自庚辰本，这两个版本的引用率仅为28.7%。由于每个篇章都有部分引文无法确定其归属，因此蒋和森在写作时不止参照了一个底本。其中，部分人物篇章的引文近似于程乙本或庚辰本，仅细微之处有差别，甚至只有一字之差。并且，在近似于庚辰本的引文中，开始将"的""地""得"的用法进行区分，这也是在新文化运动的影响下，语言变革之后才出现的。依据此种说法，引文的改动很有可能是其出版之时，编辑对此进行修改的。此种推论可在文中找到多处依据。在《贾宝玉论》一篇中，有一段贾宝玉和袭人的对话：

> 贾宝玉道："……又听见说天上有音乐响，必是他成了神或是登了仙去。我虽见过了棺材，到底不知道棺材里有他没有。"袭人道："你这话益发胡涂了，怎么一个人不死就搁上一个空棺材当死了人呢？"宝玉道："不是嘎！大凡成仙的人，或是肉身去的，或是脱胎去的。好姐姐，你到底叫了紫娟来。"[①]

[①] 蒋和森：《红楼梦论稿》，人民文学出版社，2016，第66-67页。

按照作者的解释，这段引文出自第一百零四回，应该出自程乙本。但在程乙本中，此处的"不死"写作"没死"，"死了人呢"写作"死了的呢"。

在同一篇文章中，还有一段关于贾宝玉的引文：

> 只除明明德外无书，都是前人自己不能理解圣人之书，便另出己意混编纂出来的。①

这里面的"不能理解"在庚辰本中是"不能解"，其余部分均相同。

类似的情况几乎每篇都有，全书约有30多处。比如在《〈红楼梦〉艺术论》一篇中，有这样一段对元妃省亲场面的描述：

> 忽听外面马跑之声。一时，又十来个太监都喘吁吁跑来拍手儿。这些太监会意，都知道是来了，各按方向站住。②

这段引文出自庚辰本，但是句中的"外面马跑之声"在庚辰本原文中是"外边马蹄之声"，句中的"一时，又十来个太监"在原文是"一时，有十来个太监"，句中"都知道是来了"在原文是"都知道是来了来了"。

从这些例子中，我们可认为是在书本出版时，编辑的失误造成了个别字的差别。当然，也不排除是由蒋和森自己的笔误所造成。但是他本身对《红楼梦》极为熟悉，做学问的态度又极其认真，应该不会出现这么多的笔误。

但这仅仅是复杂引文情况的冰山一角。以《探春论》和《曹雪芹和他的〈红楼梦〉》两篇中的两段引文为例：

> 想王夫人虽有委屈，如何敢辩？薛姨妈现是亲姊妹，自然也不

---

① 蒋和森：《红楼梦论稿》，人民文学出版社，2016，第68页。
② 同上书，第275页。

好辩；宝钗也不便为姨母辩，李纨、凤姐、宝玉一发不敢辩，迎春老实，惜春小，这正用着女孩儿之时……①

庚辰本的《红楼梦》原文为：

> 想王夫人虽有委曲，如何敢辩；薛姨妈也是亲姊妹，自然也不好辩的；宝钗也不便为姨母辩；李纨、凤姐、宝玉一概不敢辩；这正用着女孩儿之时……②

程乙本《红楼梦》原文为：

> 想王夫人虽有委屈，如何敢辩？薛姨妈现是亲妹妹，自然也不好辩；宝钗也不便为姨母辩；李纨、凤姐、宝玉一发不敢辩。这正用着女孩儿之时……③

另外一段也与目前能看到的程乙本、庚辰本有多处不同：

> 只见他娘子说道："你又糊涂了，说着没有米，这里买半斤面来下给你吃，这会子还装胖呢。留下外甥挨饿不成？"卜世仁道："再买半斤面来添上就是了。"他娘子便叫女儿："银姐，往对门王奶奶家去问，有钱借二三十个，明儿就送来还的。"
> 夫妇两个说话，那贾芸早说了几个"不用费事"，去得无影无踪了。④

---

① 蒋和森：《红楼梦论稿》，人民文学出版社，2016，第169页。
② 曹雪芹：《红楼梦》，人民文学出版社，1996，第625页。
③ 曹雪芹：《红楼梦》，贵州人民出版社，2001，第531页。
④ 蒋和森：《红楼梦论稿》，人民文学出版社，2016，第219页。

庚辰本的《红楼梦》原文为：

> 只见他娘子说道："你又糊涂了。说着没有米，这里买了半斤面来下给你吃，这会子还装胖呢。留下外甥挨饿不成？"卜世仁说："再买半斤来添上就是了。"他娘子便叫女孩儿："银姐，往对门王奶奶家去问，有钱借二三十个，明儿就送过来。"夫妻两个说话，那贾芸早说了几个"不用费事"，去的无影无踪了。[①]

程乙本《红楼梦》原文为：

> 只见他娘子说道："你又糊涂了！说着没有米，这里买半斤面来下给你吃，这会子还装胖呢！留下外甥挨饿不成？"卜世仁道："再买半斤来添上，就是了。"他娘子便叫女儿："银姐，往对门王奶奶家去问，有钱借几十个，明儿就送了来的。"夫妻两个说话，那贾芸早说了几个"不用费事"，去的无影无踪了。[②]

这两段引文在措辞上与我们看到的庚辰本、程乙本有出入，这俨然不是作者或者编辑的疏忽，应该是蒋和森引用的底本不同所造成的。

这些不同版本的引文的确给我们的研究带来了一定的困难。而《红楼梦论稿》后期见刊的文章的参照底本也在不停地更换，20世纪70年代完成的文章在引文方面也有部分跟50年代完成的文章不同。而1981年的版本仍然没有对引文进行统一，即使1981年的版本中提到"本书所引《红楼梦》原文，主要根据《脂砚斋重评石头记》（庚辰本）和通行'程乙本'（人民文学出版社）"[③]，但实际情况并非如此。在"《红楼梦》散论"等篇章中，大部分的引文仍然来自庚辰本和程乙本以外的版本，作者并没有用注释标注来与其他

[①] 曹雪芹：《红楼梦》，人民文学出版社，1996，第323页。
[②] 曹雪芹：《红楼梦》，贵州人民出版社，2001，第262页。
[③] 蒋和森：《红楼梦论稿》，人民文学出版社，1981，第8页注释。

引文进行区别。

《塑造正面人物——〈红楼梦〉散论之一》《枝叶与花果——〈红楼梦〉散论之二》《人物的阶级性——〈红楼梦〉散论之三》完成于1963年，后因政治环境的原因没有发表。之后又写了《鸳鸯之死——〈红楼梦〉散论之四》《在"温情脉脉的面纱"背后——〈红楼梦〉散论之五》《香菱的名字——〈红楼梦〉散论之六》等篇章，因为材料充足，《红楼梦》的各种版本齐全，所以也存在蒋和森于20世纪70年代修改创作这几篇文章时参照了除庚辰本和程乙本之外的其他版本的可能。在"《红楼梦》散论"系列文章中，大部分引文都与程乙本和庚辰本不同。由此即可看出，"《红楼梦》散论"系列文章不再以程乙本和庚辰本为主要参照版本，这也是前文提到的许多"相异"引文出现的原因。1981年版及之后的《红楼梦论稿》虽然经过了增加和修改，但是在引文方面没有进行相关改动，没有做到统一。

在2006年的版本中，增加了《红楼梦引论》一文，该文完成于1995年，正文中共出现了4处引文，其中一处引文在其他篇章中出现，但内容稍有差别。在《红楼梦引论》中作"姨娘也不劳关心。十分过不去，不过多赏她几两银子发送她，也就尽了主仆之情了"[1]，在《薛宝钗论》中则作"姨娘也不劳念念于兹，十分过不去，不过多赏他几两银子发送她，也就尽主仆的情了"[2]。从此一例可看出后来完成的《红楼梦引论》和前期的篇章参照了不同版本。总之，《红楼梦论稿》中的引文底本的问题较为复杂。虽然一版再版，最终引文也没有进行统一，这也是本著作的缺憾。

根据以上论述即可知《红楼梦论稿》引文底本的繁杂，这是与作者的写作条件息息相关的。蒋和森虽然是一个思维缜密的学者，但是在新中国刚刚成立的20世纪50年代，是没有充足的资料供他参阅的。"文革"结束以后，蒋和森继续研究《红楼梦》时，才有了充足的条件，他才得以认真校对文字，选取版本，因此才出现了后期完成的篇章参照的引文底本和前期参照的引文

---

① 蒋和森：《红楼梦论稿》，人民文学出版社，2006，第29页。
② 同上书，第141页。

底本迥异的情况。何况蒋和森本身对严格僵硬类的红学文章也持保留意见，更兼《红楼梦论稿》以思想和内容取胜，不是靠版本来彰显其意义的，故而出现了引文方面的诸多困扰。笔者认为，像《红楼梦论稿》这样有重要影响和地位的著作，再次出版时应将引文统一化，这是现实可行的，并且也不会对文本内容产生影响。

根据这种复杂情况，本书在涉及相关问题时，在存在显著错误的地方，会对文本中的引文进行注明。在论述过程中，本书在其他地方不再一一进行标注。

第三章 《红楼梦论稿》的内容和特点 ≫

本章在论述《红楼梦论稿》的思想内容时，参照的是2016年的版本，不仅是因为该版本是最终版，作者后期所写文章较少受到阶级论的政治氛围影响，比较客观完整地表达了自己的社会学立场，而且以最终版本为主要参照对象，更便于从整体的角度与之前的版本进行对比，从而恰当地理解蒋和森学术思想的变革，以及在时代形势和政治环境发生改变后，他对红楼人物和曹雪芹思想的基本态度是否也随之发生了变化。

第一节 《红楼梦论稿》的思想内容概述

一、力求客观的社会学分析立场

如何保持审美鉴赏和理性分析的统一是文学批评的难

题，尤其是关乎思想价值判断的名著。在红学史上，枯燥乏味的评红文章比比皆是。当然，这也从侧面证明了曹雪芹的成功，一部普通的作品是不会引起广泛评论的，但同时也提高了评红的难度。而《红楼梦论稿》的成功，在很大程度上得力于蒋和森出色的历史—美学视角，他没有对著作进行机械、枯燥的理论分析，而是从审美的角度，结合文学理论进行分析，对《红楼梦》进行感性鉴赏的同时也不乏理性的解读。

蒋和森早期的美学鉴赏视角在《贾宝玉论》一文中得到了较为集中的体现。从文本的叙述中，可以明显看出蒋和森对贾宝玉是非常欣赏的，因此在分析贾宝玉的性格特点时，丝毫不吝惜自己的笔墨，对其身上的闪光点进行细致的剖析。因为他认为对于《红楼梦》这样一部诗意盎然的著作，评论者不能用冷漠的感情或数学公式一样的僵硬的方式来进行评价。

> 就这样，出身贵族之家的贾宝玉，比一般公子较长地保留着思想上的童蒙状态，保持着那个社会里最难能可贵的品质——"无邪"之心。他不懂得，在他的周围竟是交织着那么复杂的勾心斗角和那么繁多的丑行秽状。当他听到焦大醉后大骂贾府里的封建主子时，不懂甚么叫"爬灰"，甚么叫"养小叔子"；可是一问凤姐，又立刻受到斥责。他"无晓夜和姐妹厮闹"，本是一片无猜，却惹得那个比他大两岁的"渐省人事"的袭人发愁得了不得，用心良苦地使出"娇嗔箴戒"的手段（后来袭人还向王夫人建议把他搬出大观园）。他又当着人面，挨在鸳鸯的身上，要吃她嘴上的胭脂，却不觉得这种行为有甚么不好。……
>
> 总之，这个贵族公子"痴"、"傻"得令人出奇，以致在荣国府那个污浊的环境里，相对地显得比较纯洁，因而也特别失常。[①]

真正的哲学，应该是富有趣味的。通常理论家和哲学家会采取充满逻辑

---

① 蒋和森：《红楼梦论稿》，人民文学出版社，2016，第53—54页。

的表现形式评论作品，但这不能完全展示一部作品的趣味性。因此，蒋和森认为，对待《红楼梦》这部文学巨著，既要以先进的思想来解释它，又要用饱满的感情来赏析它。古今中外不少评议诗文的著作，令人读之饶有趣味，颇有艺术享受之感；然而也有一部分文艺理论枯涩难懂，如玄理一般让人难以捉摸，在这种情况下，古典文学研究也成了咬文嚼字的学问，至于文学中的艺术美感和带给读者的心灵震撼，在枯燥的理论钻研中消失得无影无踪了。这种现象值得我们去研究，恢复文艺理论的美的本质是十分必要的。

这是通过古今中外的文学评论对比发现的问题。在古典文学领域，枯燥而缺乏生气的呆板作品比比皆是，明清时期的八股文更是走向了极端。蒋和森认为，我们在认真研读古典文学的美的同时，也要兼顾文艺理论的学习，将二者融会贯通，这样写出来的作品才会内容充实、形式优美。同时，不能孤立地研究文学作品，应当与整个文学史联系起来，研究《红楼梦》也应如此。同样的观点还有更清晰的论述："我们研究对象作品应当放于文学发展的整个过程来看。"①单独研究一部文学作品，一些问题就不容易被察觉，研究者也会局限于欣赏的角度，无法发现其中特有的价值。在文学研究中，研究者应该将研究对象放置于产生它的社会大环境中，比如为什么汉代有司马相如而没有曹雪芹，《红楼梦》为什么在清代产生，当然部分原因跟个人的学术、人生经历等有关，但也含有特定的历史文化条件。蒋和森认为，研究古典文学还应当从哲学、社会学和美学等各个角度去研究，并将外国文学与之对比，古为今用，洋为中用，研究成果才会充满生活美学，体现其学术价值。

基于此，蒋和森在对包括贾宝玉在内的红楼人物表达出赞美的同时，也详细分析了他们性格背后的环境因素，这就为社会学分析方法提供了广阔的空间。事实上，蒋和森在某些地方是感性多于理性的。当然，更多的时候，是将人物和社会环境表达出来，在此基础上表现个人的好恶。蒋和森主观上强调理性的分析，即内容不要过于空洞，但在一些方面，他并没有驾驭住奔腾的情感。因此，在《红楼梦论稿》里，他将最喜欢的人物贾

---

① 崔德健：《蒋和森先生谈治学门径》，《文史杂志》1998年第2期，第38页。

宝玉放在首篇，而不是写得最早的关于薛宝钗的评论。因为在他看来，适当表达自己的偏向是正常的，可造成更加真实的效果。而在一定程度上，这也可以看出他受美学思想的影响，在坚守唯物论的前提下，尽量用饱满的感情来分析人物。

二、悲剧命运下的人物典型性格

（一）贾宝玉、林黛玉和薛宝钗

维特根斯坦对美学非常重视，他说："我或许会发现科学问题很有趣，可它们从未真正吸引过我。惟有观念的和美学的问题吸引我的注意力。说实话，我对科学问题的解答漠不关心，但其他类型的问题不是这样的。"[①]维特根斯坦所谓的"其他类型的问题"指的是美学问题，美学对人的吸引源自内心深处。毫无疑问，美学对文学家更具吸引力，而不仅针对哲学家而言。《红楼梦》这样一部富有诗情画意的著作对文学家的吸引力是可想而知的。蒋和森正是在这样的吸引力之下，用热情的笔墨仔细刻画其中的人物，对他们生活的环境给予了认真的分析和评价，这其中，必然少不了贾宝玉、林黛玉和薛宝钗。对这三位主导着整个《红楼梦》的主人公，蒋和森不吝笔墨，表达了自己的态度与感情。

1. 贾宝玉

对于贾宝玉和林黛玉的叙述，蒋和森与同为诗人的何其芳亦有重合之处，充满感情色彩的文字是其典型特征。《贾宝玉论》和《林黛玉论》是全书中最精彩的文章，蒋和森用诗化的语言对贾宝玉及其所生活的环境进行了描述。他认为曹雪芹是封建罪恶的宣判者，指出了富贵繁华背后的阴冷和黑暗。

> 伟大作家曹雪芹，感染着时代的气息，把这一历史时期的许多带有本质意义的生活现象，以他的旷世奇才所独具的艺术力量，真实地、深广地反映在他的不朽杰作里。

[①] 维特根斯坦：《文化与价值》，许志强译，浙江文艺出版社，2002，第138页。

在曹雪芹的面前，封建制度的罪恶碰到了一个无情的宣判者。他透过许多"昌明隆盛"的繁华景象，指点出当时中国生活的恒闷、难受和空虚，到处淤积着陈腐和糜烂，到处布满了悲伤和不幸，任何人都似乎不配有好的命运。曹雪芹对那一黑暗世界的主人——封建贵族统治阶级，发出了彻底失望的声音，他在深沉的调子中宣布了它的衰亡。同时，他更把人们的目光引向生活中进步的、美好的一面，非常感人地指出那一时代的灵智与感情正在不熄地燃烧，正在咬破四周的黑暗而吐射光明。①

通过蒋和森的笔触，读者体会到了《红楼梦》开卷的明艳色调带来的审美愉悦感。而光鲜亮丽的背后却是满目的悲凉，这就是封建社会日渐衰微的象征。这也正是《红楼梦》的巧妙之处：在那"昌明隆盛"中展示了温情脉脉的面纱背后的悲凉。从这样的角度展开，起到了总领全篇的效果。

关于贾宝玉的性格，蒋和森运用了恩格斯的美学原理，本着真实的原则，将典型环境中的典型性格完整呈现出来。《红楼梦》是一部现实主义作品，贾宝玉这一艺术形象体现着现实主义作品的准则。据此，我们可以说蒋和森对于贾宝玉的认识还是以性格的成因为主导的。贾宝玉的身上，折射着时代的印记，回荡着岁月的节拍。

对于荣国府，蒋和森认为它是一根竖立在封建社会的"水银柱"，它的起伏兴衰，反映着那个时代的喜怒哀乐。当时的中国处于封建社会的末期，表面上昌明隆盛，实则在统治者的残酷剥削和穷奢极欲的统治下，农民起义风起云涌。荣国府是当时的"钟鸣鼎食之家""诗书翰墨之族"。然而，等级森严的封建秩序之下是此起彼伏的尔虞我诈。人性的丑陋隐藏在虚伪的封建道德之中，统治者的享乐糜烂的生活建立在对底层人民的残酷剥削之上。而这种残酷剥削也一步步激化着阶级矛盾，使贾府逐步走向"内囊也尽上来"了的境地。对此，蒋和森认为贾宝玉是没落和腐朽气息的最早感受者。

① 蒋和森：《红楼梦论稿》，人民文学出版社，2016，第41页。

　　蒋和森认为，贾宝玉性格上的夺目之处是"与封建主义相背的叛逆精神"①。这样的描述虽然有夸张和过于拔高的嫌疑，但也不乏合理之处。贾宝玉渴望的是自由，抗拒的是束缚，而他身上的束缚正是由封建制度所造成的。因此，从客观意义而言，这种解释也是符合读者的思路和心理的。贾宝玉叛逆倔强的性格，导致了他坎坷的人生道路和感情生活的艰难处境。对此，蒋和森分析了贾宝玉叛逆性格的形成原因，即18世纪中叶的中国国情和他优渥的家世背景，前者让他感受到无限压抑和滞闷，从而抵触那个时代士大夫奉行的成功之路；后者让他暂时逃脱了贾政的束缚，得以在封建社会中成为"混世魔王"。

　　荣国府的围墙，原来是环绕在这个贵族公子四周的一道铁栏，而那些太多的优宠、繁复的侍应，像在捆缚着、销毁着这个贵族公子所应有的生理机能，以致他能亲自动手倒一杯茶，也感到一阵筋肉活动的愉快。那些为世俗所艳美的雕梁画栋、锦衣金冠、美器珍玩等等，已经把这个贵族公子的感官刺激得疲劳了，以致在他的眼中失去艳丽的光彩；毋怪当他偶然去了一次郊外，看到一架纺车，便惊喜得了不得，当作一件稀奇的珍宝。大观园以外的世界，对于这个贵族公子是太新鲜太向往了；但是从他出生以来，那用"溺爱"，用"尊宠"，用"娇贵"，用"诗教"，用"礼法"等等环节所连结起来的链子，却是那么牢固而细密地紧束住他的手指和脚踝。原来，在这个贵族公子的身上缺少一件最宝贵的东西，那就是人类不惜用鲜血去换取的产物——自由。

　　……

　　然而，束缚愈紧，要求解放的意志也愈强烈；又由于生活本身的多样性和复杂性，并通过复杂多样的联系作用于贾宝玉这个具体人的身上，更由于时代的启发和冲激，这样就决定了贾宝玉特殊的

---

① 蒋和森：《红楼梦论稿》，人民文学出版社，2016，第43页。

发展道路，并形成了他特殊的思想性格。①

在此基础上，蒋和森认为贾宝玉这一人物形象具有"新的光彩"和"新的意义"，他的思想和人生价值观在《红楼梦》之前的作品里从未出现过，读者从贾宝玉的身上感受到的是"新鲜的空气"。这种说法接近于"新人说"，但是这种新人说仅仅是作者从接受美学的角度和贾宝玉的客观形象感知而来的，而且没有和市民阶级等同起来。因此，这并不是有意识的、自觉的结果。

虽然对贾宝玉的优点表现出了深厚的喜爱之情，但是深受唯物论影响的蒋和森并没有避开贾宝玉自身的缺点。贾宝玉的身上有着纨绔子弟的恶习，慵懒无聊的生活、对下人颐指气使的王孙公子脾气也在他的身上有非常明显的表现。按照马克思主义原理，蒋和森认为要从全面的角度对事物进行认识，单一的事实不能得出最可靠的结论。贾宝玉没有被这些养尊处优的生活腐蚀了自己的灵魂，他向往的是自由，开始努力挣脱封建枷锁，其叛逆性格逐渐形成。而王夫人和贾母则是其性格形成的保护伞。贾宝玉是王夫人唯一的儿子，是她在贾府地位的保证，因此，无论如何，她都会保住贾宝玉这根命运稻草。封建社会重男轻女，贾母更是非常宠爱这个外貌酷似爷爷的孙子。因此，在这种保护之下，贾宝玉有了更多的自由和空间，同时也得到了更多接触广阔世界的机会，清明洁净的女儿世界让他看到了真善美，他视功名为草芥，他的精神世界得到了升华，学会了爱憎分明。

另外，再加上与生俱来的天分，贾宝玉终于成为"精神王国里的闯将"②，因为他遇到了林黛玉。同样是出于对对方的情感认同，林黛玉视贾宝玉为唯一的情感寄托。而贾宝玉则需要更多的情感支持，当他遇到其他悲哀之事时，就会生出幻灭之感。当然，在林黛玉离世之前，这种落寞仅限于精神世界的空虚，与后来的抛开一切、了却尘世的决然态度是不同的。因此，

---

① 蒋和森：《红楼梦论稿》，人民文学出版社，2016，第48—49页。
② 同上书，第70页。

蒋和森在叙述贾宝玉的初期状态时，将他看作真实状态下的囚徒。

贾宝玉这种个性上的与众不同，注定他难以适应现实的生存环境，因为他没有与世沉浮的态度，更背叛了封建纲常的处事规律。参禅悟道让他的精神世界得到了暂时的充实，但无法在迷惘的现实世界为他指点迷津。蒋和森深刻地指出，他没有从参禅中获得精神的解脱，并不是他知觉不够灵敏，而是他看待问题的角度出现了错误，他想用宗教原理去解释人生的难题，所以他只能无功而返。

蒋和森对贾宝玉个性的论述堪称是最周到全面、令人信服的。从蒋氏对贾宝玉人物形象和个性的分析，我们可揣测出曹雪芹在塑造贾宝玉这个人物形象时的心理。如果我们承认贾宝玉的身上体现了曹雪芹的理想和价值观，通过蒋和森对贾宝玉踏实而细致的分析，我们在对贾宝玉有了深入理解的同时，也进一步加深了对曹雪芹的认知。李希凡、蓝翎在《红楼梦评论集》中将贾宝玉的典型形象和曹雪芹的思想倾向进行了综合性的分析，并认为贾宝玉身上体现出的要求人身自由和个性解放的思想与封建社会末期产生的启蒙思想交相辉映。此外，李、蓝指出了作家的世界观和创作之间存在的矛盾，而在《红楼梦》这部伟大的现实主义著作中，曹雪芹按照艺术的逻辑和规律，使生活之美最终战胜消极的世界观。这是对蒋和森红学思想的进一步探索，由此可见《红楼梦论稿》在红学界的深远影响。

另外，在关于贾宝玉因爱情受挫而出家的描写上，蒋和森参照的是程高本一百二十回的《红楼梦》，这是值得肯定的。对脂本和程本孰好孰坏的争论是《红楼梦》的一大难题所在。脂本和程本中的贾宝玉个性有所不同，一个是"沦为击柝之流"的贾宝玉，一个是蒋和森笔下的"世纪最初的星辰"。从蒋和森的详细解析中，我们进一步了解了蒋和森的态度。当然，这也从侧面说明了蒋和森没有盲目地否定程高本，对《红楼梦》后四十回的价值保持了客观的审美和评价。

2. 林黛玉

在价值观和人生理念方面，林黛玉大致和贾宝玉相同。这并不是因为她对贾府冷漠现状的不适应而形成了这样不入尘世的空灵，相反，非同寻常的聪慧和感性以及幼年时期的家庭熏陶，形成了林黛玉和贾宝玉一样遗世独立的性格。进入贾府以后，对现实的关照和领悟加剧了她这种对客观世界的不适应，贾府的花柳繁华和优越的物质生活不能给林黛玉带来真正的快乐。越是寄人篱下，她越是恪守着自尊和骄傲，旁人给予的施舍和怜惜并不能给她带来真正的幸福。事实上，林黛玉并不是对周围环境漠不关心，只是她不善于处理错杂的人际关系，这一点和贾宝玉不同。

蒋和森指出，在荣国府这个复杂的环境里，贾宝玉的"痴""傻"令人称奇，他在污浊的环境里显得纯洁而不正常，生长在富贵之乡的贾宝玉依然保留着天真烂漫之心，这在当时的环境里是非常难得的。和其他生长环境相似的贵族公子相比，贾宝玉在思想上一直处于童真的状态。而林黛玉则处于风刀霜剑的环境之中，在贾府，装愚守拙的人备受称赞，忍受和奉承是一种美德，善于使用心机和喜欢谗言的人才会得到信任和提拔。在寄人篱下的生活状态下，只有这样做人，林黛玉才能有出头之日。但是她没有认真考虑这些，她任性，想说就说，想恼就恼，毫无隐藏地任意而行。而且寄人篱下的境遇让她更加敏感，她迫切需要足够的安全感。她对爱情有着极高的要求，她希望贾宝玉对她的感情无限的纯洁和专一。爱情是她的全部，她也希望贾宝玉把她当成整个世界。她在一次次考验贾宝玉的时候，自己的精神也在饱受折磨。羸弱的身体，封建家长对婚姻的不支持，冷漠的环境，和她一样缺乏决断精神的贾宝玉以及那个时代对恋爱的轻蔑，最终造成了林黛玉的人生悲剧——爱情是她的生命，是她生活的理由。爱情是她苦难生活里的一根救命稻草，她只有全力地抓住它，一旦拥有以后，再也无法松开手了。经过细致的分析，蒋和森把林黛玉定义为一位富有诗人气质的女性，这样不乏美感而又饱含理性的总结在红学领域是罕见的。

　　也许说到这里，我们才真正开始进入这个少女的灵魂吧？的确，林黛玉给我们印象更深的，是一个诗人气质的少女；或者说，是一个女性气质的诗人。

　　当刘姥姥初次走进她的闺房，只见"案上设着笔砚"，又见

"书架上放着满满的书"。刘姥姥所看到的是一所"上等的书房"，我们所看到的不就是这个少女的情怀？

当贾宝玉走进"凤尾森森，龙吟细细"的潇湘馆，只见"湘帘垂地，悄无人声"，有"一缕幽香，从碧纱窗中暗暗透出"。在这里，我们不是也仿佛嗅到了这个少女的清丽而岑寂的灵魂？

······

的确，我们民族文化的珍贵遗产，特别是优秀的中国古典诗歌，把风神灵秀的林黛玉塑造得更加美丽了。这就使得她的一言一动、多愁多感之中，发散着一种"美人香草"的韵味和清气逼人的风格。当她翱翔在那种诗情荡漾的生活中时，我们就会看到，好像有谁把她从生活中的灰暗、琐屑、烦扰里拯救出来，而变得襟怀洒落、鲜活流动起来。[①]

然而，整体来看，蒋和森对贾宝玉和林黛玉形象的分析过于浅显，没有考虑到人的复杂性。对于贾宝玉，蒋和森认为他的典型性格里折射出了那个时代人们内心深处的共同感受，更集中表达了全人类的共同愿望。诚然，贾宝玉的典型个性反映了时代背景下的人们共同的悲哀和需求，但是人物的思想是具有复杂性的，包括多个方面。作为优秀的文学典型，贾宝玉是富含复杂性格的圆形人物，并且伴随着思想和生活环境的变化，人物的个性也会发生相应的改变。因此，评论者应该全方位地认识贾宝玉的个性特征。在描述林黛玉时，蒋和森说，在林黛玉的内心深处，被封建主义所压制的理智与来自人类本性的感情产生了剧烈的冲突。宝黛的恋爱被封建环境所扼杀，林黛玉的内心世界是痛苦的。然而，蒋和森将爱情等同于"来自人类本性的感情"，却是忽视人物的心理和个性的体现。

3. 薛宝钗

时代的因素和宝黛的性格原因导致了两人的悲剧结局，而在现实生活中，

---

① 蒋和森：《红楼梦论稿》，人民文学出版社，2016，第102–103页。

"金玉良缘"无疑是得到了封建家长的共同认可。蒋和森指出了薛、林性格的天壤之别：薛宝钗理性，内心冷静；林黛玉感性，内心丰富。一个与世沉浮，注重现实；一个清高孤傲，任性率真。那么，这个随分从时、恪守封建准则的薛宝钗是否能得到幸福的生活呢？

从社会学分析法的角度来分析，越是褒贬不一的人物越是能体现全面和客观的原则。应当说，蒋和森对薛宝钗的评价完全遵循了马克思主义唯物论原理，客观地分析了她的虚伪，赞扬了她的美德——对于较为复杂的人物，评论者不能完全赞扬，也不能一味同情，应当对其缺点进行客观的分析和否定。她的为人作风合乎封建社会的做人标准，是损人利己的阶级实质的表现；而她的"停机德"也并非贬义。对薛、林的优劣更应当给予客观的评论——对人物的评价要与当时的历史环境相结合，要观察其思想是否走在了时代的前列，要看他的发展方向是否符合历史前进的潮流。然而，在旧社会的现实生活中，迎合当局的思想观念才会被肯定，揭露真实往往会遭到打击。薛宝钗和林黛玉代表了两种迥异的人生观，蒋和森不赞成完全否定薛宝钗，他认为不能粗糙地以品质定优劣。曹雪芹塑造这两个截然不同的人物自然寓意深刻，这是两种迥异但是非常有代表性的性格，艺术典型性较强，容易引发读者的想象和思考。薛宝钗是与林黛玉截然不同的性格悲剧，她执着坚守着封建伦理的准则。她坚信"正统"的教育指给她的道路才是唯一正确的，所谓的才华和精神追求只是生活的点缀。她自幼接受的是与林黛玉完全不同的教育，她的学识不过是通往成功之路的必备素养。这种素养是为了有一天可以嫁入富贵之家，并非像林黛玉一样为了追求精神之美而去研究诗词格律。所以，林黛玉过着孤独高傲、目无下尘的生活，而薛宝钗则恪守着《列女传》的妇德，并且时刻留意着周围的人情世故，用圆滑的处世方法在复杂的人际关系中周旋。

当我们读《红楼梦》时，愈读下去，就会产生这样的一种感觉：虽然对薛宝钗的印象不断加深，几乎可以感受到这一人物的呼吸；但是她只能占据我们的记忆，却不能占据我们的感情。我们

的关心和同情，几乎都被林黛玉吸引去了，被她性格上的真挚和
深情吸引去了；而在薛宝钗的身上，却发现了这样的一个特点，愈
看得仔细就愈加分明的特点；这就是她的一言一行，不像林黛玉那
样的任随真实感情的流露，而是常常经过某种理智的雕琢或深心的
考虑，并从而形成了她所特有的"稳重和平"以及人人称道的"贤
惠"。①

　　总的看来，薛宝钗并不是完美的象征。虽然蒋和森对她的文化素养和做
事能力都给予了肯定，但是从个人情感倾向来看，蒋和森对于薛宝钗的赞美
多少是有所保留的。这也是蒋和森在《〈红楼梦〉人物赞》中提到了林黛玉、
贾宝玉，却没有论及薛宝钗的原因。

　　蒋和森认为，薛宝钗是封建制度的受害者，并且是为了维护封建道德
而毁灭的牺牲品。她是受害者，而伤害她的恰恰是她信奉的封建主义。基于
此，蒋和森认为薛宝钗的悲剧人生是"一种缺乏感动力量的悲剧"②。蒋和
森对薛宝钗鞭辟入里的评价无疑是一语中的。这个住在"雪洞"一般的屋子
里、吃着"冷香丸"的姑娘恪守的是与宝玉和黛玉完全不同的人生观。她通
晓庶务，善于待人接物，博览群书，堪称完美，但是，这仅仅是从表面现象
得出的论断，这种情况下得出的结论常常是"不正确"的论断，世俗角度的
个人仰慕更是毫无价值可言。她很明白自己的目的，并且按照目的一步步进
行着自己的计划。她的会做人其实是虚伪的体现，为的是有利可图。面对不
同的人物处于不同的场合，她有不同的行动表现。她懂得献上热闹戏文和甜
烂食物迎合贾母的爱好；明知金钏因被王夫人打而投井自尽，她仍然无比冷
漠地前来安慰王夫人；她甚至在滴翠亭的关键时刻，为了保护自己嫁祸别
人。蒋和森说，林黛玉这一人物形象让读者感受到的是那个社会的冷漠和阴
暗，而薛宝钗则让我们看到了封建社会的虚伪做作的一面，而这种虚伪的表

①蒋和森：《红楼梦论稿》，人民文学出版社，2016，第138-139页。
②同上书，第161页。

面，覆盖着一层色彩夺目的外衣。

基于此，蒋和森指出，在理解人物形象时，应该透过现象探究本质，而薛宝钗的本质是封建主义的彻底拥护者。对于薛宝钗的本性，聪明的贾宝玉是有洞察力的。在失去林黛玉以后，他最后选择了放弃尘世。薛宝钗虽然登上了贾府少奶奶的宝座，但最终等来的结果却是守寡、抄家和败落。此处，蒋和森与何其芳表现出了相同的倾向，他认为薛宝钗并没有真正拥有幸福，她也是封建制度的殉葬品。

> 薛宝钗一直到最后，也许一直到生命的终结吧，都没有发现或者感觉到自己也被囚禁在封建的牢笼里。其实，这也是不足为怪的。原来，吃人的社会制度不仅吃被剥削的下层人民，有时也吃它的忠诚拥护者啊！
>
> 如果仅从薛宝钗"并未得到真正的爱情和幸福"这一现象看来，似乎也能同意何其芳同志所说的："她是一个封建制度之下的牺牲品。"然而，问题不能到此为止，尤其不能是问题的全部结论。①

如果将蒋和森笔下的薛宝钗和王昆仑笔下的薛宝钗进行对比研究，我们不难发现两者之间的明显区别。蒋和森认为，林黛玉和薛宝钗是两种"不能调和"的美。与王昆仑的人性反省立场不同，蒋和森采用阶级斗争的理论解剖了薛宝钗的"美"，认为这是一种披着封建外衣的虚假的美，本质自私的统治阶级的思想浸透了薛宝钗的灵魂，这也是她性格形成的主要原因。很明显，蒋和森把薛宝钗摆在了人性和道德的对立面进行描写，林黛玉理所应当地被放在了反封建的立场进行歌颂。

同时，蒋和森指出，曹雪芹对于薛宝钗的感情是矛盾的，既不赞成她身上根深蒂固的封建思想，又对她的悲剧命运赋予同情之心。即便如此，蒋和森在关于曹雪芹对于两者的感情倾向的问题上却认为曹雪芹没有在小说中进行正面

---

① 蒋和森：《红楼梦论稿》，人民文学出版社，2016，第160页。

的表示。事实果真如此吗？笔者认为，蒋和森的这个结论是值得商榷的。曹雪芹虽然没有用明显的字眼表达自己的偏爱，但是通过贾宝玉的表现，做出了明确的回答。面对薛宝钗这种充满封建道德的美，贾宝玉与之生活在一起，不堪忍受，宁愿放弃一贯雕梁画栋的生活，孑然一身奔向佛门。林黛玉身上闪烁的自由和人性天然之美才是真正之美，当这种美被破坏，贾宝玉就与封建统治阶级做了彻底的决裂，这也是曹雪芹感情倾向的最好的证明。

蒋和森认为，薛宝钗的美丽外表和带有深刻封建思想的道德是她特点中的最典型之处，这是值得我们肯定的深入事物本质的分析。对于薛宝钗这一人物形象复杂的个性特征和矛盾的心理，蒋和森认为曹雪芹本着现实主义的文艺创作原则，触及了薛宝钗的内心深处，塑造了饱含社会意义的典型形象。此种观点，把曹雪芹笔下薛宝钗的典型个性特征、人物形象的复杂性及其折射出的社会现实表达得非常客观。在涉及对贾宝玉和林黛玉的评价时，蒋和森虽然提及了两人的局限性，但是整体来说，热情过多而理性较少，他对二人尽力赞扬，而对他们的指责或批评显出不足，缺乏说服力。而对于薛宝钗，蒋和森的态度更为理性客观，他认为她的会做人和虚伪的背后是封建思想的丑恶的灵魂，从外表到本质，鞭辟入里，值得读者以之为鉴。

《红楼梦》的续书作者在后四十回处理宝、黛、钗的结局时，虽然省去了具体情节，但是结局依然保留了曹雪芹的本意。林黛玉禁不住当时的重压，悲哀离世；贾宝玉出家，最终抛却一切；曾经费尽心思经营的薛宝钗无奈之下只能将希望寄托于下一代。蒋和森通过分析三个人的个性特点，既诠释了他们悲剧人生的根源，又分析了悲剧发生的必然。封建社会和宗法制度的腐朽和冷酷造成了他们各自不同的悲剧性格和惨淡人生。

（二）妙玉、鸳鸯、尤三姐和香菱

在涉及《红楼梦》的悲剧表达上，蒋和森受王昆仑的影响是比较大的。这也得益于他扎实的哲学基础，对用悲剧美学解释《红楼梦》当然感兴趣。蒋和森对王昆仑的分析视角并非僵硬套用，而是有选择性地表现在自己的文章里。典型如在《〈红楼梦〉人物赞》中对妙玉和尤三姐的评论，蒋和森借鉴了王昆仑的一些理念，但是并没有将人物与这些观念简单融合，而是从自己对当时历史环境的解读，深入分析她们的心理，指出她们性格中的不足，从而分析她们各自的悲剧结局。

在《鸳鸯之死——〈红楼梦〉散论之四》一文中，蒋和森指出，鸳鸯的死与当时封建社会环境下的很多少女的死是一样的，并且他认为这一结果与当时的真实现状相符合，蕴含着丰富的思想价值。蒋和森认为，《红楼梦》中的人物悲剧是那一时代环境下的必然，这与王昆仑的观点类似，但也有不同。王昆仑在此基础上认为这些悲剧的原因是"生之欲不得达到"[①]；蒋和森认为鸳鸯的悲剧结局揭露了封建主义思想残害人民的本质。光鲜亮丽的封建道德控制了底层人民的灵魂，杀人于无形之中。"封建大义"的外衣腐蚀了奴隶的思想，受害者甚至心甘情愿地献出生命。蒋和森的人生阅历和社会经验迥异于王昆仑，他们对待问题的着力点当然不同，所以在对待《红楼梦》的悲剧理念时有不同的理解。而蒋和森对妙玉、鸳鸯和尤三姐等悲剧人物也有不同于王昆仑观点的评价。

1. 妙玉

蒋和森对妙玉充满了溢美之词，他没有否认她身上存在的人类固有的欲望。他认为妙玉并非看破红尘的出世者，而是被封建主义生生压制的、对世界充满热情的妙龄少女。因此，他认为，栊翠庵的大门虽然整天紧闭，但并没有禁锢住妙玉向往自由的青春之心。实际上，蒋和森认为曹雪芹写妙玉并不是为了塑造一个虚伪的出家人，他认为妙玉是被变态的封建主义思想扭曲了的人，是受害者，妙玉的出家并非出于自愿，更何况处于花柳繁华之地。正值青春期的妙玉对外面的世界无比向往，内心的渴望和自身处境的悬殊让她的内心十分压抑。在落后的怪癖思想的控制下，这位骄傲的大家闺秀走向了空寂的寺庙，铸就了她的悲剧人生。

　　在花柳繁华的大观园里，你企图用蒲团载着青春去寻找空寂。
　　但是，栊翠庵的大门虽然镇日关得紧紧，并不能阻挡你心里的"邪

---

① 王昆仑：《红楼梦人物论》，商务印书馆，1948，第93页。

魔"向外冲撞。

你并不是"四大皆空"的出世者，而是一个硬把"五情六欲"苦苦包扎起来的"槛外人"。①

然而，蒋和森对于妙玉的理解仅限于对她的命运悲剧的认识，忽视了她的个性特点。妙玉的性格悲剧原因在于她的孤高傲世、曲高和寡，她不仅为贵族阶级所不容，甚至连善良的李纨也不能接受她，与她没有任何利益冲突的贾环也对她恶语相向。因此，许多红学评论者都会指责她的怪癖和清高，甚至有人指责她嫌贫爱富。蒋和森不同，他对妙玉是充满绝对的赞许和同情的。但是他就此止步了，并没有解释其中的缘由。

如果我们从庄子思想和贾宝玉的"女儿观"的角度出发，就不难理解蒋和森的观点了。庄子思想在妙玉的身上有着鲜明的体现，妙玉自称"槛外人"，意指自己可以超越世俗的束缚，可以远离名利场。她追捧庄子的文章，自封为"畸人"，试图达到物我俱忘的"逍遥游"的境界。正是基于此，蒋和森才会称赞她的清净洁白，在她要把刘姥姥用过的杯子丢弃时，没有像一些批评家那样去斥责她"嫌贫爱富"。

2. 鸳鸯

不同于对"槛外人"的怜惜和赞美，蒋和森详细剖析了鸳鸯面对险恶的生存现状顽强抵抗、最终丢失生命的原因。鸳鸯之死是统治者麻木不仁的体现，他们粉墨登场，矫揉造作，用奴隶的生命为庙堂增加了色彩，这种浸染着鲜血的道德锦旗正是封建统治者的杀人方式。鸳鸯被他们封为忠义的奴仆，这是极大的讽刺。鸳鸯的反抗和斗争源于她强烈的自尊心，那是一种朦胧的觉醒意识。她不愿意受人摆布，她有一颗强势的不畏惧强权的心。然而，面对封建势力的步步逼迫，她势单力孤，不屈服的代价是失去自己的生命，而对此，她无怨无悔。蒋和森用铿锵的语气表达了对鸳鸯的赞叹。

---

① 蒋和森:《红楼梦论稿》，人民文学出版社，2016，第199页。

至此，我们可以清楚地看出：这个少女并无半点奴颜婢膝，而是有着一颗高傲的不为威武所屈的心。在这一点上，她和晴雯可以互相媲美，但她却又比心直口快的晴雯显得深沉、有心计。这一个性特点，在事态的进一步发展中愈益明显地表现出来。

……

这个被封建势力步步紧逼的丫鬟，就是这样由沉默的"不语"而走向爆炸一般的抗议！

至此，鸳鸯的为人性格也很丰满地表现出来了。她不仅沉着坚定，而且还懂得在强大的黑暗势力面前如何采取最有利的反抗手段，从而表现出她的智慧与胆略。[1]

此处也将鸳鸯饱满的人物形象真切地体现了出来。她不仅拥有坚韧而沉稳的品质，而且具备出众的胆识和聪慧，面对统治者的威逼敢于斗争和反抗。蒋和森对鸳鸯的评价着眼于人物的个性特点和反抗意识，分析全面而透彻。

另外，蒋和森对鸳鸯的评价是遵循《红楼梦》后四十回的意图的。后四十回对鸳鸯顺从贾母之意帮助宝玉宝钗成婚是不符合前八十回中鸳鸯的个性描写的，但是对鸳鸯结局的描写没有背离曹雪芹的原意。蒋和森取其精华、去其糟粕，撷取了后四十回的正确部分，这得益于他对《红楼梦》人物的准确解读。

3. 尤三姐

尤三姐也是蒋和森特别欣赏的人物。他热情洋溢地称赞她是清丽明艳的"奇花"，将其比喻为一道清泉，视其为与封建统治者斗争的勇士，激情满怀之下，终成为强劲有力的"浑流"。

从这些溢美之词中，我们不难看出蒋和森对她的欣赏主要集中在"搏斗"二字，这种品质在鸳鸯、晴雯等女性身上也有明显体现。她们面对恶劣的社会环境和残酷的命运，没有屈服，而是奋勇抵抗、敢于拼搏，即使明知

---

[1] 蒋和森：《红楼梦论稿》，人民文学出版社，2016，第396-397页。

会失败也毫不畏惧。颇富浪漫主义情怀的蒋和森对这个刚烈的女子充满深情地赞美道："在剑光飞闪的一刹那，多少《红楼梦》的读者为之触目惊心，为之感动得发热！"①

尤三姐的斗争和赴死充满了悲壮。蒋和森借尤三姐的爱情悲剧指出了曹雪芹所要表达的爱情观念：在当时封建社会的生活环境里，没有人为尤三姐树立贞节牌坊，但曹雪芹为她建立起了永恒的纯洁而高尚的形象。尤三姐的自刎、柳湘莲的出家是《红楼梦》里最悲壮的爱情故事。蒋和森指出，在群芳争艳的大观园里，尤三姐没有诗书礼仪的熏陶，情绪喜怒不定；她的知识面并不宽广，没有题红咏絮、卜花拜月的才情，嘴里说的都是俗语村言，甚至拿公子哥取笑；然而，她却为了表明自己对爱情的忠贞以死明志，毅然决然。这震撼人心的场面恰恰发生在为正统人士所不齿的女子身上。蒋和森在赞叹她的同时，也鲜明地指出曹雪芹对真正爱情的崇敬和赞美，这与家庭出身和文化背景无关。

水芹子是蒋和森在长篇小说《黄梅雨》和《风萧萧》中塑造的女性形象，让人初见就感觉似曾相识。因为水芹子恰似尤三姐和鸳鸯的影子，她凄苦的身世和敢爱敢恨、富有正义感的刚烈性格与尤三姐和鸳鸯相似。她美丽聪慧，父母双亡，遭到恶势力逼婚，但她誓死抵抗，终于逃脱虎口；她誓死追随爱人尚任，为了寻找参军的尚任，她饥餐露宿，跑遍了大半个中国，最后得到的却是尚任被敌人杀害的消息，她不顾一切为其报仇。尤三姐的勇敢和执着、鸳鸯的"宁为玉碎不为瓦全"的刚烈，在水芹子身上得到了完美的再现，读之令人钦佩、感慨。由此，我们可以看出蒋和森受《红楼梦》影响之深。从水芹子的人物形象，我们也就不难理解他对尤三姐和鸳鸯的欣赏与赞叹了。

4. 香菱

不同于尤三姐的刚毅和奋勇，香菱是蒋和森笔下的一个美丽顺从的女子形象。蒋和森认为，虽然诸如香菱之类的薄命女表面看来并不缺乏欢笑，但

---

① 蒋和森：《红楼梦论稿》，人民文学出版社，2016，第202页。

她们更多的是背地里的哭泣和痛苦，是阶级压迫带给她们的重负。他列举了香菱在贾府的一段从快乐到痛苦的时光，深刻地指出香菱的遭遇并非偶然，而是那一时代那一阶层的女子共同的命运。蒋和森的笔触犀利而敏捷，认为在那个社会里，愚昧盛行，智慧泯灭；丑恶当道，美丽和善良被嗤之以鼻。"自从两地生孤木，致使香魂返故乡。"蒋和森认为这句诗写出了香菱在恶劣的生存环境里日益艰难，逐步走向消亡。因此，他对续作者补充的结局非常不认同，认为按照曹雪芹的原意，夏金桂的出现意味着香菱的离世。事实上，蒋和森认为曹雪芹刻画香菱的意图在于告诉读者，在邪恶和卑鄙占据主要角色的时代里，美丽和诗意是不会有长久的生命力的："这也正是《红楼梦》反复向我们所展示的一个真理：在那一社会里，高尚的、美好的事物总是被损伤，总是被扼杀。"[1]在此基础上，蒋和森指出曹雪芹通过香菱这一女性形象提出了时代背景下的重要问题，即妇女问题和由此而产生的社会问题，从而进一步阐发了妇女解放的重要意义。

> 虽然如此，这一人物形象却依然显得如此饱满，如此深刻。如果曹雪芹不是具有"铸鼎象物"的艺术手腕，怎能达到这样的成就？更重要的是：曹雪芹通过这个一开始就在书中出现的"薄命女"，提出了时代生活中的一个重要问题——妇女问题，以及与此相联系的其他许多社会问题。[2]

蒋和森对香菱的认知体现了他对《红楼梦》思想意义的准确把握和理解，香菱是封建社会中毫无人身自由、被拐卖的千千万万个悲剧女性的缩影。通过叙述香菱的种种遭遇，曹雪芹的目的是要表达对黑暗现实的控诉，因此，香菱的结局必然是悲剧。蒋和森用她的判词说明了曹雪芹的原意，从而证明了后四十回对香菱命运走向的安排是错误的。由此，我们可推测蒋和

---

[1] 蒋和森：《红楼梦论稿》，人民文学出版社，2016，第412页。
[2] 同上。

森对《红楼梦》主旨的解读是非常深刻的。

蒋和森认为，不仅仅是光彩夺目的女子是悲剧人物，还有默默无闻的底层角色，他们"在温情脉脉的面纱背后"也忍受着欺压和凌辱，在含蓄而深沉的面纱下面苟且偷生直至灭亡。金钏因为被王夫人打愤而自杀，坠儿因为不守规矩而被毒打。因此，当我们品读《红楼梦》时，就会感到在看似严正温和的面纱背后，实则隐藏着丑恶、冷漠和狠毒。曹雪芹对其进行勾勒时，并没有将其脸谱化，从而使每一个角色都跃然纸上。《红楼梦》之所以内容深刻、寓意深远，就在于它全面地表现出了生活的复杂性和多样性，同时完整地体现了生活的本质，反映了封建社会的真实性。

值得一提的是，蒋和森并非像王昆仑一样从解脱的思想来阐述这些人物的悲剧命运，相反，他是站在反封建的立场上来阐释这些受压迫者的心境状况和逐步被吞噬的内在原因。在把他们所处的社会地位和历史环境分析清楚之后，蒋和森清晰地认识到这些悲剧小角色都有着现实的无能为力。因此说，不同的理论背景和观察视角导致了蒋和森与王昆仑结论的不同。

在王昆仑那里，《红楼梦》意在揭露对现实的"逃避"和"毁灭"。而蒋和森认为对现实的反抗和斗争都是起源于封建制度的残忍和压制，其原因不外乎封建社会制度的不合理，故而，悲壮的牺牲和反抗是对社会的斗争，也是朦胧之中自我意识的觉醒。因此，蒋和森认为用深沉含蓄的艺术特色勾画出了欢声笑语、彬彬有礼的背后的不堪和残忍，是《红楼梦》最深刻之处。

三、人物命运的深刻解读

（一）贾探春、王熙凤、史湘云

在《红楼梦》主要的十二位女性人物中，贾探春、王熙凤和史湘云应该可以说是颇具男儿风范的贵族女性。她们凭借自己的杀伐决断的处事能力，或爽朗不羁的潇洒个性为全书添上了一层活泼的色彩，在宝、黛、钗的恋爱主题之上，增加了更丰富的故事情节。但是，三位出类拔萃的女性却因为时运不济造成了各自不同的遗憾人生。

1. 贾探春

贾探春是《红楼梦》里"才自清明志自高"的人，她"文采精华，见之忘俗"。然而，她偏偏生于末世，满目不平，让她愤恨难消。应当说，这是她的第一层人生悲剧。她在这样的环境中保持着高朗开阔的性格，她果敢而有胆识，关键时刻总能担负起辨别是非的责任，这让她在乌云笼罩的贾府格外引人关注，也特别受人尊敬。在贾府遭遇管理危机的时候，聪慧果敢、富有决断力的探春受到了统治者的青睐。王熙凤面对满目荆棘、骑虎难下的状况时，让探春暂时担当起了管理贾府的重任。不同于刘大杰将贾探春的思想本质定性为"封建利益的研究者"，蒋和森用"莲社之雄才"来比喻探春，认为探春的心理和性格在封建社会具有深刻的意义。这个洞察力极强的少女在贾府用人之际受命而出，在短短的时期内，她的才能得到了尽情展现。应该说，这本是一个让她得志的机遇，可是她遇到的更多的是烦恼和委屈。她固然会建立威严，果敢刚强，锋利之中带有严正，但她依然有过左右为难的处境。这虽然是理家过程中必然会出现的情况，但也会不可避免地影响她的心境。比如管家媳妇的刁难、贾府传统规矩的陈腐等，经常会无情地伤害她。对此，蒋和森感慨道："沉静地燃烧在这个少女心中的，是一枝尊严的火炬！"①她所努力、所付出的一切都是为了个人自尊，或者可以说是女性的自尊。

在此基础上，蒋和森指出，探春理家的精神实质在于尊严问题，这也是指导她言行的心理线索。探春理家的精神实质正是在于此——她一度争强好胜，处处表现出来要为女性争一口气的气概，处处维持着自己的尊严、男权社会下被压迫的女性的尊严，不容许任何人践踏和轻视。说到底，贾探春终非薛宝钗一样的人物，虽然同样具有明辨是非的洞察力，对现实的敏锐和洞察带给她的是满腔怨恨。因此，蒋和森认为不能用"一根评量的皮尺"来评价薛宝钗和贾探春，应该将她们仔细区别开来。

据此，蒋和森认为薛宝钗的人物形象意义是不能和贾探春相比的。时

---

① 蒋和森：《红楼梦论稿》，人民文学出版社，2016，第177页。

代的压迫没有对薛宝钗的心理造成阴影和苦痛，相反，她表现得非常淡然恬静。封建主义的理性已经完全控制了她的意识，即使是被压抑的爱情在心中升起。应当说，贾探春是蒋和森着墨最多的人物，他将探春与反封建和妇女解放联结在一起。蒋和森的观点虽然有合理之处，但是因为夸张地从反封建的视角看探春的作为，因而忽略了贾探春这个人物身上反映的人性美和生活的真实。而这种过度的夸张在文本的其他方面也有不同程度的体现，这在下文会有所提及。

贾探春的第二层人生悲剧来自她的生母，生母的卑劣和不堪让自尊心极强的她多了一层烦难。因此，蒋和森对贾探春是充满同情的。探春虽然拥有出众的胆识和才华，为自己、也为地位低下的女性争了一口气，但是她的生母如同一个人的生理缺陷一样与她如影随形，深刻地伤害了她的自尊，让她无法维持自己的骄傲。提起生母而致心情沉重，这是一个人最大的悲哀。贾探春的悲愤并非毫无理由，她外在的果敢和坚强来源于内心深处的自卑。先天的身世自己无力改变，生母的龌龊和卑劣又时常折磨她。而面对这一切，她无法摆脱，只能苦苦挣扎。更重要的是，个性好强、颇具能力的她对日渐衰落的家族日日悬心。当一个屈原一样的人物被置于污流满地的环境，眼看着自身所处的世界逐步沉沦而自己却无力挽救，此时的她，已走到了绝望的边缘。与王熙凤和薛宝钗不同，王熙凤纯粹以自我利益为出发点，丝毫不顾及家族未来。薛宝钗也仅仅关心自身前程，不在乎集体的走向。而探春的担忧和挣扎来源于对家族命运的焦虑，"要摆脱它，必须从根本的社会问题上来解决，可是，这不是探春的力量所能达到的"①。蒋和森对探春的认识仍然着眼于封建社会对这位"才自清明志自高"的少女的摧残和她遇到的重重阻碍上。

笔者认为，蒋和森的观点是值得商榷的。首先，探春是封建统治者中的改良派，因而我们不能简单地把她当作反面角色。同时她是封建统治阶级的利益捍卫者，非常在乎"嫡庶之分"的她是封建秩序的拥护者，因而也不能

---

① 蒋和森：《红楼梦论稿》，人民文学出版社，2016，第172页。

对她大加赞扬。其次，贾探春的人物性格才是值得批评者认真分析之处。她的刚毅和果敢、她的爱憎分明是其吸引读者的地方，蒋和森在这方面恰恰简单略过，没有将贾探春的人物形象完整地呈现出来。

2. 王熙凤

贾探春力不从心，没有实权。而作为贾府的核心人物王熙凤，她是如何运筹的呢？王熙凤的地位在《红楼梦》中举足轻重，缺少了她，《红楼梦》就缺少了不少光辉。她伶牙俐齿、巧舌如簧、极善言辞，这种语言才能赋予了她出众的能力。她震慑力极强，征服了贾府的奴隶，在统治者中也游刃有余。蒋和森对王熙凤的天分和才能是肯定的，但是颇具贬义色彩。描写她的手腕强硬，先将她的手讽刺为保养得非常好的"纤手"，然后再描述这双手的狠毒和"权奸"的破坏力。想做一些亏心事，她想到就能立刻着手。唯有权力和钱财能够燃起她的热情，只有地位能够取得她的信任。而这恰恰是王熙凤悲剧命运的原因。

王熙凤的悲剧命运可从两个方面来解释。首先是她生在了腐败的时代，一如她的判词中所说："凡鸟偏从末世来。"与贾探春的"生于末世运偏消"一样，这位才能卓越的女子也生于"末世"，这两个字也透露出了她的时运不济、命途多舛。可是，面对日益衰落的家族，她们采取了完全不同的态度。贾探春力图通过一系列的改革措施力挽狂澜，可是没有实权的她只能做一些修修补补的边缘性工作，不能真正解决问题，但是她毕竟努力去做了。而王熙凤则完全没有有意识地去振兴家族，她的成功理念就是中饱私囊，因此她将秦可卿的嘱托抛之脑后，无限制地追逐着物质和权力。从王熙凤杀伐决断的行事风格来看，她拥有明辨是非的洞察力。然而，一是封建社会对女子的限制，在面临关键大事时，她必须服从男权；二是局限于自幼受到的教育熏陶，她目光不够长远，始终将个人利益作为终极追求。从这个角度来说，王熙凤的悲剧结局也是由于自幼接受的教育过于狭隘，缺乏洞察大局的能力，统治阶级的剥削和残暴形成了她的性格和贪欲，错综复杂、尔虞我诈的封建大家族培养了她的能力、丰满了她的羽翼。

作为评论家，蒋和森将王熙凤的人格解剖得非常清晰。他首先肯定了她的百般机灵和运筹帷幄的持家能力，同时也指出了她的凶狠与残忍。基于此，蒋和森指出了她人格特点的成因："这是封建统治阶级的杰作，中国宗法社会的特产。"①

蒋和森对王熙凤的态度是痛惜，他认为王熙凤并非众多评论家口中的"封建道德的叛逆者"，而是符合封建统治者要求的能"驭下"的管理者。然而，受时代和环境的局限，王熙凤没能挽回日渐衰落的贾府，最终和它一起走向了灭亡。蒋和森对王熙凤的全面而客观的评价是他遵循现实主义创作手法的具体体现。

3.史湘云

蒋和森是饱蘸着推崇之情来写史湘云的。在他看来，虽然史湘云爽朗果敢，但是她既没有探春的深谋远虑，也不懂王熙凤的专横贪婪，她稚气未脱，拥有孩子一般纯净的心理世界。作者通过分析史湘云和其丫鬟谈论阴阳的对话描写，认为这段洋溢着天真烂漫色彩的对话一方面反映了史湘云的纯洁可爱，另一方面衬托了贾赦之流所代表的封建社会统治阶层的肮脏污浊。这一段描写意在告诉读者，史湘云之后的命运会如那个时代的其他女子一样坎坷。曹雪芹越是突出她们的天真纯洁，就越是能烘托出封建社会的黑暗和残忍。蒋和森的着力点也在对封建社会的解剖和鞭挞上。蒋和森的分析固然有道理，然而，这里所强调的反封建主题不排除有夸张的部分。史湘云的"云散高唐、水涸湘江"的悲惨结局的确是由封建社会所造成，但是《红楼梦》并非每一处细节描写都在强调这个主题。《红楼梦》是一部现实主义小说，部分细节是为了展现生活之美、人性之美。这种美，也不失为一种值得专门探究的主题。

蒋和森用"枝叶和花果"概括了史湘云和翠缕的对话对于整部《红楼梦》的作用，这段看似平常的生活场景描写恰恰是生活之美的具体体现。此处作者明显受到了车尔尼雪夫斯基（又译作车尔尼舍夫斯基）"美是生活"观念的影响，他认为现实高于艺术，艺术来源于生活，"美的事物是生活，特别

① 蒋和森：《红楼梦论稿》，人民文学出版社，2016，第194页。

是使我们想起人以及人生的那种生活"①。将和森将这种观点落到了实处，艺术地再现了《红楼梦》中的生活之美，应用自如地把现实主义美学理论与文学批评结合起来，不着痕迹。

（二）晴雯与焦大、袭人与赵姨娘

1. 晴雯与焦大

晴雯和焦大是《红楼梦论稿》里备受作者青睐的人物，这两个愤世嫉俗的人物在大部分索隐派和评点派的眼中是正义的召唤者。而且受别林斯基等美学观点的影响，蒋和森更注重对二人人性之美的探究，这自然会影响到对这两个角色的整体评价。而反映社会现实是《红楼梦》的写作目的之一，因此，这两个人物虽然不是最重要的，但承担着重要任务，为蒋和森所钟爱，极能体现立场，具有典型性，是《红楼梦论稿》中不可缺少的部分。

晴雯是蒋和森笔下拥有"火红的本色"的人，蒋和森将她比喻成"野风旷日里的花朵"。然而，晴雯不同流俗的个性最终给她带来了毁灭性的灾难。她经常忘记自己的卑微身份，常常做出不符合统治者要求的事情。这和焦大有许多相似之处，焦大对贾府掌权者的胡作非为嗤之以鼻。晴雯和焦大，这两个年龄和性别均不同的奴隶，却处在相同的位置，有着类似的心境，最终走向了同一条道路。蒋和森认为，晴雯的典型形象在中国文学史上是最具有吸引力、最生动的女性形象，而焦大则无疑是蒋和森笔下最正直的形象。虽然蒋和森尽力保持着马克思主义的客观立场，理性评价每一个人物，但他往往难以驾驭自己奔腾的情感，泼墨挥洒、尽情宣泄。尽管蒋和森对贾宝玉和林黛玉充满了偏爱，对薛宝钗颇有微词，但我们可从文本中体会到蒋和森字里行间的克制。他保持着客观理性的立场，力求全面地分析每一个人物，将话语权赋予读者。然而，对于晴雯，他还是放下了理智，毫不保留地表达着对这个底层社会女性的赞美。晴雯以其光辉的、明艳的女性形象在红楼世界中独具一格，甚至有读者喜爱她胜过了曹雪芹笔下的其他女性主人公。

蒋和森把晴雯当作最喜爱的角色，这是对林黛玉和薛宝钗都不曾有过的

---

① 车尔尼舍夫斯基：《生活与美学》，周扬译，生活·读书·新知三联书店，2012，第27页。

"肯定"。他主要从性格方面表达了对晴雯的赞美。作为贾宝玉身边的上等丫鬟，如果晴雯能像袭人一样随波逐流，或者像麝月一般安分守己，都不会被周围人记恨，为自己招致致命之灾。晴雯的人物形象之所以深入人心，并获得读者的深刻同情，也源于晴雯身上独特的性格特点。在某种意义上，正是这些性格特点造成了她对周围肮脏环境的不屑，甚至包括自己低下的身份和地位。王熙凤称晴雯是贾府最漂亮的丫头，但她最吸引人的地方还是个性。她饱含热情、不媚世俗，如秋天的天空一样清澈透明。她因品格高尚，深得蒋和森喜爱。联系蒋和森的人生经历，我们不难理解他对晴雯赞叹有加的原因：敢于直言，勇于坚持自己的思想，他们同是不屑于与世沉浮且"嫉恶如仇"的人。蒋和森写晴雯饱含热情，他对这个悲剧女性同曹雪芹一样充满"理解和同情"。

饱满的热情和深切的怜悯愈发烘托出了晴雯的悲哀和不幸。但是，因为欣赏一个正面人物的优点而将其不足之处略过，也是与现实主义的创作原则不相符的。在第五十二回中，晴雯生病之时心情不佳，这时她得知坠儿偷了平儿的镯子，立刻大发雷霆，并且把恶劣的心情发泄到与之无关的丫头身上，甚至恶语相向；在第三十一回中，晴雯因为弄坏了扇子和宝玉发生口角，袭人前来劝解，反而遭到了晴雯的一番冷嘲热讽，露出了她尖酸刻薄的性格。而蒋和森对这些选择了无视。世界上任何一个人、一件物品都是不完美的、存在缺憾的，美丽往往存在于真实之中，缺憾也是一种美。因而，蒋和森对晴雯缺点的无视也是《红楼梦论稿》的不足之处之一。

而作为与晴雯一样耿直的焦大，蒋和森也给予了很高的评价。蒋和森认为焦大身上有其他奴隶缺少的特质，那就是对贾府现状的洞察和对统治者的"怒其不争"。蒋和森将焦大比作"贾府的屈原"，将他的醉骂比作屈原的"离骚"。焦大骂出了时人不敢骂的话，揭穿了时人不敢揭穿的真相，然而，焦大却被骂作"醉汉"，真相是不言而喻的。事实上，蒋和森借此表达了自己对真理的看法，真理不一定存在于富丽堂皇的庙宇中，也并非都出自满腹经纶的统治者之口，更不一定用华美的辞藻来表达。俚俗胜似典雅，真理不用藻饰，蒋和森认为，《红楼梦》是一部揭示生活真理的著作，而曹雪芹正是借助焦大之口表达了对黑暗现实的不满和对周围环境的痛恨，哀其不幸更怒其不争。

2. 袭人与赵姨娘

作为晴雯和焦大对立面的袭人和赵姨娘，她们与晴雯和焦大的性格完全不同。袭人无疑是丫鬟中深悟生存之道的人，她懂得苦心钻营、提高地位，从而成为王夫人信任的人。另外，袭人性格平和收敛，这也是其地位得以提高的原因。蒋和森认为曹雪芹对袭人的刻画非常成功，恰当地表现了人物的阶级性。虽然袭人通过竭力迎合、讨好贾府的统治者，得到了他们的信任和青睐，甚至贾宝玉也将她与别的丫头区别对待，但是这些并不能从根本上改变她的底层社会地位。她仍然是奴婢，即使她有了进入统治阶层的希望。袭人的处境并不是特别理想，当金钏跳井身亡之后，面对薛宝钗的漠不关心，她感到的是悲伤和惊吓。蒋和森认为，袭人的悲伤并非来自女性天然的多愁善感，而是源于阶级同情。

> 袭人为什么如此悲伤呢？——原来，袭人的悲伤，并非出于女性的多感，而是来自敏锐的阶级同情。她和金钏儿本是同处于奴婢的地位，正是这"同气之情"，触痛了她的"物伤其类"之感。①

因此，一些评论者认为袭人也是值得同情的，处于奴隶阶层的她甚至在挨了贾宝玉的"窝心脚"之后，第一反应是不要张扬，怕自己被别人说轻狂。蒋和森也对袭人表现出同情，恰是由于这种卑贱的身份和处境，才让她得知金钏悲惨死去的消息时，马上流下了悲伤的眼泪。但蒋和森也从阶级的角度对她进行了评价，他认为红楼人物的阶级特点并不是附属于他们身体的一部分，也并非严格理论界定下的概念公式。这些特征渗透在他们的行为方式和思想之中，通过他们的音容笑貌和言行举止表现出来，"有如水中着盐，

---

① 蒋和森：《红楼梦论稿》，人民文学出版社，2016，第385页。

初看似乎无迹，细尝则觉味在其中"①。这个评论虽有道理，但从客观角度来看，阶级分析固然重要，但是也不能过分夸大阶级的重要性。

事实上，蒋和森注意到了这一点。他通过分析有关对赵姨娘满怀同情的评论，指出了其中的庸俗化倾向。评论者要从人物形象的复杂性出发对其进行全面的观察，进而对其进行阶级分析。用理论化的阶级观念进行僵硬的分析，容易走向机械化的歧途。很显然，蒋和森对赵姨娘这样一个卑劣不堪的人物有明显的道德指摘，是持否定态度的。因此他才会从阶级分析的角度把袭人和赵姨娘放在一起对比论述。比较来看，袭人尚有些许可爱之处，而赵姨娘则完全不值得我们怜悯。这也是因为她们之间存在着一条阶级的鸿沟：赵姨娘已经成功当上了姨太太，成为统治阶级的一员，而袭人则梦想自己成为姨太太，但还没有变成事实。以此为基础，蒋和森也从阶级的角度出发，分析了两者之间的相同之处。

从艺术成就层面来说，蒋和森认为赵姨娘的塑造更具真实性和人格化。作家在对生活进行全面透彻体察的基础上，将自己的感悟融入作品中。生活是作家的创作之源，作家的灵感来自对生活的领悟。因而《红楼梦论稿》最能体现蒋和森不用阶级分析代替艺术评价的例子经常体现在对人物细节的讨论中。

《红楼梦》中人物形象众多，性格特征也不尽相同。蒋和森指出，曹雪芹在人物形象刻画上秉承艺术来源于生活的原则，把身份卑微的奴隶形象也刻画得栩栩如生。通过分析曹雪芹笔下的形色各异的奴隶，蒋和森认为他们真实地再现了封建社会末期统治阶级和下层奴隶之间错乱庞杂的关系。一方面，奴隶们人身依附于统治阶级，地位低下，他们没有土地和人身自由，贵族们可以对他们自由处置。如果惹怒了主人被撵出去或者处以刑罚，他们将无计可施。另一方面，一些奴隶通过努力钻营，已经成为处于统治阶级的边缘的人群，和统治阶级有利益之争，赵姨娘就是其中的典型。然而，赵姨娘之类的奴隶毕竟是极少数。贾府中的大部分丫鬟们，诸如金钏、司棋、芳官

---

① 蒋和森：《红楼梦论稿》，人民文学出版社，2016，第385页。

等人，她们一个个都没能逃脱被赶出府的悲剧结局。这种悲哀的处境折射了底层人民的真实状态。

蒋和森认为，在对现实主义的理解方面，曹雪芹的水平已经和西欧后期的艺术家相当。《红楼梦》中描写的生活场景逼真而又自然，条分缕析而又浑然天成。通过分析《红楼梦》的现实主义特点，蒋和森认为现实生活指导了曹雪芹的创作。但是受思想和文化背景的限制，他无法理解这些社会现象深处的原因，因而在《红楼梦》中，曹雪芹一方面揭露了封建制度和统治阶级的种种丑恶，另一方面又对本阶级的没落表现出了感伤和悲哀的情绪，就像他对于薛宝钗既赞美又同情的心理一样。蒋和森认为，这是《红楼梦》无法去除的阴翳。这一方面是由曹雪芹衰落贵族阶级出身的局限性所造成的，另一方面是由他所生活的18世纪的历史局限性所促成的。

四、《红楼梦》的意义和影响力的解读

关于曹雪芹的生平经历和《红楼梦》的意义是蒋和森论述非常成功的部分。蒋和森对这两部分内容极为重视，着墨甚多，认为这是《红楼梦》的价值所在。蒋和森认为曹雪芹是一位"痴心的天才"，在物质条件和精神条件极其恶劣的情况下，以其无比坚忍的品质完成了《红楼梦》这部伟大的著作。但这个处于18世纪的文学天才，未能遇到伯乐。由于旧中国对小说这种文学题材的偏见，加之清朝统治者对小说文学的压制和打击，甚至将写小说当作一种犯罪行为，因而直到曹雪芹泪尽而逝，《红楼梦》也没有得到认同。

蒋和森从三个方面概括了《红楼梦》的深刻内涵：第一，《红楼梦》是一部对时代生活感到痛绝的书；第二，曹雪芹笔下的荣国府是封建社会的缩影；第三，作者通过对平凡生活的描写，揭示了不平凡的意义。当然，第三点并非自觉，蒋和森不无欣慰地指出，历史唯物主义是认识《红楼梦》的唯一科学的理论，只有依靠马克思主义美学原理，才能从艺术科学的角度恰当地解释《红楼梦》。

蒋和森认为曹雪芹是中国封建社会最深刻的、也是最后的一位作家，在时代悲沉的气压之下，鲜花锦簇的背后是卑劣和不堪。《红楼梦》展示了社会

阴暗的一角，这也反映出18世纪社会的整体阴暗程度。蒋和森用"肮脏"一词指出了那一时代的虚伪和丑恶。在封建社会里，翰墨书香和富丽堂皇之处恰恰是道德沦丧的地方。钟鸣鼎食之家的荣国府是那一社会文明和知识的象征，可是在金光闪闪的外衣之下，是不堪和灭绝人性的累累罪行。而底层民众通过辛苦劳动创造出的累累物质财富，恰是滋养统治者贪婪腐败和霸道横行的温床。

蒋和森以充满悲剧色彩的笔法描绘了《红楼梦》中的悲剧景象，但他并不认为曹雪芹只是纯粹在宣传悲观思想。蒋和森详细地列举了欢声笑语背后的苦难和伤痕，人与人之间处处充满着的冷漠和斗争。他认为这些看似不重要的细节都有着重要意义，可谓一叶而知秋，滴水而窥海。如果只是单纯地铺陈贾府的冷漠、腐败，读者容易产生情感疲劳，而通过对具体人物和事件的描写，用真实的场景和事件来衬托，则会带给读者心灵的震撼，同时也给文本增加新的活力。事实证明，卜世仁、刘姥姥等普通小角色也确实在读者心里留下了深刻的印象，甚至其中一些俗语进入了人们的日常俗语系统，这些都说明了细节描写的重要意义。

"以乐写哀"在《红楼梦》的叙事方式中也占有重要地位。元春归省的繁华热闹实则在讽刺君臣大义的虚伪和可笑。此处的热闹繁华只不过是曹雪芹以乐写哀的一种形式而已，这种欢乐越是浓烈，读者就越是感到悲凉和沉重。曹雪芹在此处把喜悦和悲凉完美地融合在一起，繁花似锦下的眼泪更能衬托出元春内心深处的痛楚。基于此，蒋和森认为曹雪芹把元春列入薄命司意在讽刺帝王，用现实主义笔触揭露了封建帝王的残忍，以一个艺术家的勇气向封建帝制提出了挑战。

（一）对女性悲剧命运的关注

在《红楼梦》的思想意义上，蒋和森着力探讨的是其反封建的思想。蒋和森虽然指出了《红楼梦》在某些方面受到了《金瓶梅》的影响，但是也认为《红楼梦》在艺术和思想上远远超过了《金瓶梅》。他认为《金瓶梅》的作者兰陵笑笑生缺乏的正是曹雪芹的是非感。在他看来，《金瓶梅》呈现出的是自然主义而非现实主义色彩，缺少高尚的艺术情怀。蒋和森认为曹雪芹拥有的是一种"高尚的道德感情",因此《红楼梦》才给我们展现了极高的美的世界,丰富了读者的精神世界。透过《红楼梦》中种种不堪的日常场景的描写,读者能够感受到曹雪芹真诚的、热情的心灵在跳跃、在歌唱。

而面对《红楼梦》中封建社会的种种丑恶现象,蒋和森认为曹雪芹为没落的封建统治阶级弹奏了悲哀的挽歌,但这并非《红楼梦》的全部价值所在。曹雪芹在暴露社会黑暗的同时,也不遗余力地歌颂了生活中的光明和美好,以及被封建社会压迫的爱情美和人性美。基于此,蒋和森认为,对女性才华和善良的关注激起了曹雪芹的创作热情。曹雪芹是首位深入中国女性思想深处的作家,他深刻地体察到了传统思想控制下中国女性的精神世界,并通过细致的文字,将她们的人性之美和痛苦现状传达出来。蒋和森同时指出,曹雪芹所歌颂的真善美必须建立在反封建的基础上,对于没有表现出对封建制度反抗的女性,曹雪芹在惋惜之余,给予了客观的批评。但即便如此,纯洁善良的个性始终是红楼女性最美的闪光点。反对封建制度、不满黑暗和腐败固然是红楼女性的特征,但其内心深处的真善美才是作者的着力点。

蒋和森对封建社会的批评集中在它对自由爱情的压制上,在18世纪的中国,找不到一块容许贾宝玉和林黛玉共同生活的土地。这种描写爱情的方式在中国文学史上是从没有过的,其独特之处不仅在于它的诗意,更在于其背后蕴含的社会意义。蒋和森认为,中国文学史上一些表现爱情的作品如《西厢记》《拜月亭》《牡丹亭》等,不仅在艺术上逊色于《红楼梦》,在思想上也缺乏深刻的社会内容,其凸显的社会内容和思想意义是无法和《红楼梦》相提并论的。同时,蒋和森指出了曹雪芹笔下爱情描写的缺陷。作为《红楼梦》爱情主角的宝黛钗都是贵族儿女,他们追求爱情,背叛了自己的阶级,但是他们同时也深深地依赖着这个阶级,因而,这种爱情常常伴有飘忽不定的空虚感。当然,蒋和森在这里用的"空虚"是有否定意味的。

而对《红楼梦》在同时代作品中的地位,蒋和森给予了认真的分析和肯定。他认为爱情是具有"时代的标准"的。虽然带有与生俱来的缺憾,但是在那一时代,曹雪芹笔下的这种爱情是先进的,是"可以作为教育先进阶级的宝贵材料的批判成分"。蒋和森分析曹雪芹的处境是"囿于时代和阶级的局限"，面对种种人间苦难，试图找到原因，却无法寻求到答案。加之曹雪芹受当时佛教思想的影响，给《红楼梦》蒙上了一层悲观宿命的色彩。宝黛的爱情体现了那一时代的呼声和要求，体现了人性的觉醒，和"真理站在了统一战线上"，是和时代的前进方向相一致的爱情。

相较于对《红楼梦》中的爱情的评判，蒋和森对曹雪芹的宗教态度的批判是较多的。曹雪芹对宗教保持着矛盾的态度，他一方面对和尚、道士进行大力批判，另一方面又寄情于自己构造的另一个包含着空空道人和青埂石的虚幻世界。因此蒋和森认为曹雪芹对自己的阶级抱有阶级同情和阶级偏见，对封建社会的统治者缺乏足够的反抗，缺乏完全彻底的革命精神，所以《红楼梦》能够引起人们深深的思考，但不能激发读者彻底的行动力。在此基础上，蒋和森指出曹雪芹是一个消极的悲观主义的宣传者，读者要从曹雪芹所处的时代背景来理解这位作家的思想以及作品折射的社会意义。《红楼梦》提出了对封建婚姻制度、科举制度的反对，所代表的是全体人民的共同呼声，但是，曹雪芹最终没有指出摆脱这种困境的道路，因而弥漫在作品中的一直是悲哀的情调。所以蒋和森称曹雪芹是带有悲剧性质的"天才"，是"伟大的"天才，这是由时代的局限性造成的。

在关于对《红楼梦》后四十回的评价上，蒋和森肯定了高鹗和程伟元的功绩，他认为后四十回不仅依循曹雪芹的原意，还保留了《红楼梦》的悲剧的主题。程、高的续书除却某些失败的叙述和描绘之外，依然存在不少符合原著旨意的地方，突出表现在爱情悲剧结局的布置上，取得了杰出的艺术成就。相比俞平伯和胡适仅仅对后四十回悲剧意味的认同，蒋和森对于程伟元和高鹗在爱情问题上所用的艺术手法的评论堪称卓越的见解。

处于18世纪的曹雪芹的反封建思想虽然在今天看起来比较落后，但与同时代的作品相比，蒋和森认为《西厢记》《牡丹亭》和《水浒传》中的人物形象都没能达到《红楼梦》的思想高度。《水浒传》虽然明确提出了用暴动和起义反对封建社会的黑暗统治，但是把黑暗的根源归咎于贪官污吏而不是封建统治，甚至还尽力去维护封建道德，寄希望于封建统治者。而曹雪芹笔下的贾宝玉这一艺术典型反映出了新的历史命题下的生活呼声。贾宝玉希望得到的东西，他自己本身也不能用准确的概念描述出来，因为他在现实生活中找不到，甚至在他热爱的《西厢记》和《牡丹亭》中也找不到，那是新时代的思想和价值观，是前进的、新的东西。基于此，蒋和森认为一个作家的思想只有站在时代水平以上，才能对事物做出正确的判断，才能算得上是真正的艺术家。曹雪芹正是拥有了超出时代思想水平的头脑和眼光，才摆脱了传统写作方式的束缚，他笔下的每个人物都如同树叶一般，形态各异、各不相同。除此之外，他也没有拘泥于千百年来不变的"臣忠君明"的封建思想，在艺术上追求创新，将笔触深入前人没有涉及的新的生活空间，最终造就了名垂青史的现实主义文学巨著。蒋和森对《红楼梦》中反映的阶级思想的分析虽然不得要领，但于字里行间中探微入妙，领神会心之处俯首可见，对曹雪芹思想和艺术的理解往往高出众多评论家。

（二）对爱情问题的重新定义

《红楼梦论稿》中最能体现蒋和森的美学见解的部分，表现在对《红楼梦》爱情问题的评价上。蒋和森对《红楼梦》中爱情问题的叙述倾注了深厚的感情，泼墨甚多。当然，这并不是源于作者的主观偏爱，而是与《红楼梦》的思想内容息息相关。宝黛的爱情、尤三姐的爱情、司棋的爱情等等，在《红楼梦》中占据了大量的篇幅，因此，蒋和森认为，对爱情之美和人性之美的升华及爱情的陨落构成了《红楼梦》的主题。在谈及《红楼梦》中的爱情问题时，曹雪芹没有孤立地谈论爱情，而是把爱情问题当成一个社会问题进行探究。蒋和森认为，这正是曹雪芹的出色之处。在《红楼梦》的开篇伊始，曹雪芹一再声称自己是"大旨谈情"，却对香菱的身世和遭遇展开了深入的描写。由此，曹雪芹将爱情问题和妇女问题紧密连接起来，使《红楼梦》成了第一部反映封建社会妇女问题的作品。同时它也是一部从女性的角度看待爱情的作品，反映出了在情感世界中，女性比男性更为被动、更受压制。

蒋和森对《红楼梦》爱情描写的界定是值得肯定的。《红楼梦》中的爱情问题不仅反映了封建社会的妇女问题，而且反映了一个整体性的社会问题，因为在描写爱情问题和爱情事件的同时，曹雪芹还涉及了封建社会的奴隶问题、宗教问题和法律问题等一些社会的其他方面。当然，这种广泛的涉及是与曹雪芹对生活的观察密切相关的。在封建社会，婚姻是统治阶级的政治工具，通过联姻可以将彼此利益最大化，因此，自由恋爱在当时是被绝对禁止的。曹雪芹正是通过对一个个爱情悲剧的描写反映了封建社会的黑暗。

然而，《红楼梦》中的爱情是与传统意义上的爱情不同的。在中国传统的爱情观念中，才子佳人是文学舞台的爱情主角，而夫贵妻荣是爱情故事的美满结局。但是《红楼梦》中爱情的主人公贾宝玉和林黛玉恰恰不符合传统意义上的"才子"和"佳人"，蒋和森对这一点做了细密的分析。贾宝玉不是传统小说中的"学而优则仕"的才子，林黛玉也不是"三从四德"的佳人，他们二人都是个性乖张、被时人诟病的不遵从社会道德秩序的叛逆者。而恰恰是因为这种共同的"叛逆"，才把两者引向爱情。蒋和森进一步指出，贾宝玉和林黛玉不仅仅追求恋爱自由，还反对科举制度，甚至将追求功名利禄之徒骂成"禄蠹"，这是反对封建制度的爱情。

对此，蒋和森却做出了这样的总结，他认为真正美好的爱情必须建立在"反对封建主义思想"的基础之上。

> 是的，并不是所有的爱情都动人。《红楼梦》的可贵，就在于它写了很多爱情却能分出各自不同的格调。通过那些描写，曹雪芹从多方面发挥了他的爱情思想：爱情的美和人的灵魂的美是分不开的；只有在那一社会思想道德之外，才能建立起美的爱情。而最美的、最动人的爱情，便是向封建主义叛逆！①

笔者认为这是失之偏颇、过于绝对的。《红楼梦》中的爱情故事固然都是封建制度不允许的，反映了那个时代的黑暗腐朽，一个个爱情悲剧的产生也的确是因为封建制度下婚姻的不自由，但是这并不能概括爱情的全部。此外，《红楼梦》中的爱情冲突体现的是观念的冲突、思想和时代的冲突，而非传统意义上的婆媳冲突、经济利益的冲突。这种开创性是史无前例的，这种爱

---

① 蒋和森：《红楼梦论稿》，人民文学出版社，2016，第239页。

情是神圣的。但是，我们不能说只有反封建的爱情才是美好的，譬如薛蝌和邢岫烟，这对夫妻应该是曹雪芹笔下幸福的范例，但是曹雪芹并未提及薛蝌和邢岫烟的反封建行为和言语，仅仅提到了二人品质容貌皆佳。因此，虽然《红楼梦》暴露了封建社会的各种阴暗面，但是曹雪芹的主要目的是表现人性之美和生活之美。

在对《红楼梦》的爱情分析上，蒋和森表现出了与何其芳相近的感情倾向，只是蒋和森更强调红楼爱情的"美"。他认为，曹雪芹对被封建社会压迫的女子的心灵之美进行赞叹，更对那些背离封建礼教、集智慧与诗性于一身的女性尤其欣赏。曹雪芹恰是通过对红楼女性的人性之美和这种美被封建制度的摧残而走向灭亡的描写，而对封建社会发出了深沉的鞭挞和质疑的呼声。这也是曹雪芹的创作思想。蒋和森以此为出发点，阐释了《红楼梦》大旨谈情、万艳同悲的主题。

在爱情方面，蒋和森认为在中国文学史上，只有《红楼梦》里的爱情体现了理性的智慧，充满了政治色彩。如果单纯地从爱情挽歌的角度认识《红楼梦》，这是不够精确的，因为它更多是对爱情的赞美。蒋和森指出，爱情是有时代标准的，贾宝玉和林黛玉的爱情在他们所处的封建时代是带有先进思想的爱情，但是放到今天来讲，这种爱情是有严重的局限性的。同样，蒋和森对宝黛爱情的评价，在20世纪50年代的文化背景下是具有前瞻性的。

对于《红楼梦》中的爱情描写，我们从历史和文学的维度对其艺术价值进行评价的同时，也不能忽略时代和阶级的局限所造成的不足之处。蒋和森指出，曹雪芹出身于封建社会末期的贵族家庭，他身上的阶级和时代的局限性是无法避免的。而这种局限性主要体现在曹雪芹对《红楼梦》中的爱情悲剧所持有的态度上。作为《红楼梦》爱情故事主题的主人公，贾宝玉和林黛玉的精神世界里依然充斥着衰落的贵族统治者的感伤情绪，他们的言语行为之间和创作的诗词里总是表现出浓重的消极虚幻的思想感情，在当时的社会背景下，这种如梦如幻的思想感情很容易产生。此外，蒋和森指出，宝黛爱情的反封建主义仍然是寄希望于封建统治阶级，他们争取自由爱情的途径是希望贾母能为他们的婚姻做主。因此他们所进行的斗争是"软弱的"，缺乏彻底性。

从蒋和森的观点来看，生活在封建社会的曹雪芹缺乏鲜明的反抗态度，他在爱情问题上的阶级局限性还表现在对女性的同情上。面对红楼女性的悲惨命运，他只用"千红一窟、万艳同悲"来形容，因此他对薛宝钗"停机德"的赞美并非偶然。此外，从《红楼梦》中空空道人和太虚幻境的描写到"春恨秋悲皆自惹"的虚幻阐释，都证明了曹雪芹的消极虚空的思想观念。从贾宝玉在日常生活中读《南华经》、听曲词悟禅机等细节描写，我们不难看出贾宝玉精神世界的极度空虚，囿于阶级的限制，他无法逃离这个环境，因此最后走向了出家的道路。在《飞鸟各投林》中，曹雪芹甚至做出了"冤冤相报实非轻，分离聚合皆前定"的总结性话语。因此说，蒋和森对曹雪芹爱情观消极一面的阐述是值得参阅的。

然而，深受马克思主义影响的蒋和森总是会对事物进行客观的评价。虽然囿于时代的限制，《红楼梦》中表现出了一定的缺陷，但是这没有从根本上缩减它的意义和价值。蒋和森指出，《红楼梦》中固然存在一定的消极因素，但是与同时代的作品相比较，其突破阶级局限之处依然明显，具有绝对的优势和地位。笔者认为，《红楼梦》的伟大在于蒋和森笔下的反封建思想的光辉，也在于它在艺术上的突出成就，作为一位艺术家，曹雪芹在18世纪的中国是屈指可数的。

（三）经典的艺术学价值

艺术特点是文学评论中最为重要的部分之一，尤其是面对《红楼梦》这样一部举世闻名的著作。在红学史上，针对《红楼梦》艺术特色的评论比比皆是。当然，这也从侧面证明了《红楼梦》的艺术魅力，普通的小说是不会在文学界荡起重重涟漪的。《红楼梦论稿》对《红楼梦》艺术的评论是极其成功的，这在很大程度上得力于蒋和森深厚的艺术积淀，他不仅对《红楼梦》的艺术特点给予了全方位的评价，而且对人物的刻画方式进行了深刻的解读。

蒋和森主要从艺术结构上评论了《红楼梦》的艺术成就。从行文的描述中，读者不难看出蒋和森对《红楼梦》艺术结构的肯定。在他看来，中国的古典小说普遍采取的是单线式的叙事结构，小说中的情节和人物一般是沿着一条线索向前发展，而《红楼梦》采取的是多线叙事的结构，在以宝黛爱情故事作为主要线索的同时，还描写了以贾府为中心的贾、王、史、薛四大家族的衰亡过程。蒋和森认为，曹雪芹将各种生活场景立体地、多面地表达出来，展现了艺术在本质上是关于生活的美学问题。而将倒叙、插叙、补叙等各种叙事方式恰当自然地结合起来、有机地融为一体则更得益于作者精致的笔墨，《红楼梦》就是这样将众多故事和人物统一起来，达到了通顺畅达的目的，又笔致错落、生动而耐人寻味。现在看来，我们也就不难理解《风萧萧》和《黄梅雨》这两部小说在叙事方式上的精辟之处了。

《红楼梦论稿》对《红楼梦》艺术的赏析还集中在人物语言上。《红楼梦》在语言上的突出特点是流畅练达、富有表现力。这得力于作者白话文的基本功，更来自他诗词歌赋的深厚积累，因而有了简练而又充满诗意的语言。《红楼梦》的语言艺术特色是全书的突出成就，曹雪芹赋予不同人物以不同的语言风格和口吻，通过人物对话，让形形色色的人物跃然纸上。蒋和森认为，《红楼梦》的语言通顺畅达而不乏深刻，清丽明澈而不乏深厚，既通俗自然，又文采斐然。也正是基于此，《红楼梦》中的人物形象才会家喻户晓、深入人心。

人物语言的发生环境往往是在生活细节中，而《红楼梦》所涉及的细节描写并非随意的日常生活琐事，而是经过作者挑选的、寓意丰富的、经过反复艺术加工的生活细节。正是一件件这样的生活小事的衬托，才能凸显人物的性格特点。

　　曹雪芹虽以描写日常生活见长，但他绝不是一个目光如豆、只注意细小生活的作家；或者是"一个把他的才能浪费在工整地描写小叶片与小溪流的诗人"。曹雪芹是在以重大的反封建主题为整个作品基础这一前提下，来描写日常生活细节的。他既写出那棵封建大树的枯枝朽干，又通过叶片的萎黄来反映出根部的腐烂。因此，这个作家一方面以铸鼎象物的手段写了不少大的生活场面，如元妃归省、宁府治丧等等；另一方面又以细针密缕之笔写了很多精彩的日常生活细节。①

值得注意的是，蒋和森认为对于这些细节描写，曹雪芹并未给予华丽的辞藻进行修饰，而是本着简洁的宗旨，用寥寥数笔状物抒情。艺术上愈是出色就愈是显得本色。恰恰是朴实无华的语言铸就了《红楼梦》的艺术美。另外，这些细节本身所具有的诗意的艺术效果对全书的主旨也起到见微知著的作用。基于此，蒋和森认为，《红楼梦》之所以饱满深刻，是与卓越的细节描写密切相关的，正是这些细小的基石，成就了《红楼梦》这座大厦。

从文学批评的角度来讲，相比俞平伯过于斟酌一字一句，没有把《红楼梦》中的现实图景和曹雪芹的思想意识客观区分开来，蒋和森的思想是进步的。在关于《红楼梦》思想和艺术的关系上，蒋和森通过"宝玉挨打"事件进行了阐述。蒋和森认为，曹雪芹对宝玉挨打事件的描写是自觉的，其目的是想表现以贾政为代表的封建统治阶级和以贾宝玉为代表的反封建倾向之间的不可调和的矛盾，以及产生这种矛盾的社会根源。蒋和森是饱含激情来描写贾宝玉的。在他看来，贾宝玉身上表现出来的反封建的叛逆精神是值得歌颂的，这种叛逆精神对抗着腐朽的封建统治，反映了封建时代的残忍和暴虐。同时，读者也读到了作品中体现出来的"真"与"美"的艺术风格。蒋和森用唯物主义原理解释了这一现象。与真实生活相类似，在《红楼梦》中，事物的本质总是通过现象而表现出来，生活的本质往往存在于生活现象之中。曹雪芹用现实主义笔法，在描写人物和细节的同时把握住了事物的本质，将生活的真实和艺术的真实完整地统一起来。

蒋和森深受唯物主义的影响，在对《红楼梦》的艺术特点进行肯定的同时，也指出了其不足之处。蒋和森认为，虽然《红楼梦》中描写性的文字非常成功，但是叙述性文字却存在文字冗杂的缺点，甚至在流畅的白话文中还夹杂着文言文的残屑。当然，诸多不通顺之处也有可能是辗转传抄所造成。但是，在涉及人物年龄的安排、季节时序的更迭等方面仍然存在失误和疏忽

---

① 蒋和森：《红楼梦论稿》，人民文学出版社，2016，第270页。

之处。蒋和森以元春归省和秦可卿托梦的描写为例，指出了其中的拖沓以及不切实际之处。另外，《红楼梦》中对空空道人和鬼神显灵的描写也与真实生活不相符，这在某种程度上违背了现实主义创作的艺术原则。究其原因，蒋和森认为《红楼梦》在创作方法上依然归属于旧现实主义的范围，虽然这部小说为后人提供了丰富宝贵的创作经验，但是它毕竟表现的是封建社会的生活。在此基础上，蒋和森提出了对古代文学的态度：要批判地继承曹雪芹以及其他古典作家的创作经验，取其精华、去其糟粕。由此可以看出，蒋和森是一位彻底的马克思主义者，坚持用发展的眼光看待《红楼梦》，用进步的思维研究《红楼梦》。

（四）文学史上的永恒地位

虽然《红楼梦》这部成熟的现实主义作品是出自曹雪芹之手，但是也离不开前人的积累。蒋和森认为，真正的艺术家是站在前人的肩膀上，在不断地学习、否定的道路上进步发展的。诚然，18世纪中叶的中国处于封建社会的衰落时期，这为《红楼梦》的产生提供了有利的社会历史环境。另外，从唐代初具小说规模的唐传奇到宋元时期的白话文话本，小说开始走进群众的生活，《水浒传》和《三国演义》的问世让小说进一步登上了生活舞台，不容封建统治者"小觑"。另外，明朝产生的《水浒传》和《西游记》等小说逐渐倾向于刻画人物性格，不再以奇闻怪事吸引读者眼球，典型的人物形象开始登上了文学史的舞台。正是在一代代中国小说家的推动和努力之下，小说日趋成熟。《红楼梦》正是在前人的基础上，开辟了新境界。

由此可知，现实主义创作手法在章回小说形成之初已经初具规模。而曹雪芹在继承这种现实主义艺术写作方法的同时，挣脱了传统的束缚。蒋和森从五个方面评述了《红楼梦》的创新之处。其一，《红楼梦》着力于通过对平常生活和爱情的描写来揭示封建社会的黑暗，同时发现并歌颂人性之美，这是对《金瓶梅》的继承和扬弃；其二，在对爱情的描写上，曹雪芹扩大到了社会的范围，因此《红楼梦》中充满了社会和时代的倒影，这是对宋元爱情题材戏曲的借鉴和发展；其三，中国传统的才子佳人小说启发曹雪芹打破这种传统写作方式的创作欲望；其四，中国的传统小说存在着"题材因袭"

的现象，人物性格大多雷同，而《红楼梦》中的人物才是"活着的"人，是曹雪芹独立创造的、有真实感的人物；其五，《红楼梦》的现实主义色彩独树一帜，它是中国第一部带有自传色彩的小说，这种写实性有其独到之处。蒋和森的观点值得我们深思。的确，《红楼梦》之前的小说和戏曲中没有明确地反映社会和现实问题，诸如个人自由、爱情自由以及妇女社会地位等问题，至少在以往的文学题材中没有如此鲜明有力度地被体现出来。《红楼梦》中人物性格与社会环境的深刻渊源描述也体现了曹雪芹的独特笔墨。这种笔致精功、落墨甚远的造诣更是体现在美学意义上，这种美学意义上的真实是《红楼梦》经久不衰的最大因素之一。

在论及《红楼梦》中包含的消极思想时，蒋和森认为曹雪芹在那一环境里看不到一点希望，对生活完全失去了信心。这种观点是值得进一步商榷的。结合前文蒋和森提到的曹雪芹是对生活中美好的一面尽力歌颂的人、是为了个人理想而讽刺社会的人来看，蒋和森的观点是互相矛盾的。笔者认为，把曹雪芹定义为一个彻底的悲观主义者，这是对这位作家人生观和世界观消极面的夸张，是不符合实际的。一个对生活彻底失去热情的人，是不可能呕心沥血地去完成一部文学巨著，以此来鞭笞生活中的黑暗、歌颂生活中的光明的。蒋和森认为，曹雪芹思想里的色空观念根深蒂固，也正是这种虚空的色空观念的存在，导致了《红楼梦》中宿命色彩的存在。曹雪芹对于自身的阶级存在着阶级同情和阶级偏见，但是，蒋和森认为，积极的一面还是占据上风的。蒋和森的这种评价是中肯的，我们在读《红楼梦》时，第一感觉是热烈的感情而不是空无的思想和万念俱灰的情绪。

《红楼梦论稿》的不足之处在于，首先，在概念的运用上，"封建"和"反封建"等词语运用得太多、太频繁，这样一来容易忽略它的精确含义。准确地说，今天意义上的"封建"一词是从国外引进的。在曹雪芹生活的清代，"封建"指的是"封邦建国"的意思，因此，曹雪芹不可能自觉地去反封建。因此说，书中的人物仅仅是对黑暗现状的不满才会反抗，至于是否被定义为"反封建"还应该进一步考虑。由于该词在《红楼梦论稿》中使用频率过高，因而出现了概念不清的问题。其次，《红楼梦论稿》作为一部专门研究

《红楼梦》的专著，应该对脂本和程本的不同之处给予明确的划分，并对其成败得失给予相应的论述。然而，蒋和森没有对其进行区别阐述，他主要参照的是程本，却经常使用"曹雪芹原意"这样的字眼。这也触及了红学界长期争论不休的问题，哪些是曹雪芹的原意，哪些是程伟元和高鹗的补充。在这个问题上，蒋和森采取了模糊的方式一笔带过，从论文的角度来讲，缺乏一定的科学性。

第二节 《红楼梦论稿》的批评特点简论

《红楼梦论稿》中的篇章组合看似以完成时间的先后为准，实则兼顾了各人物与思想之间的内在联系，遵循同声相应的原则。本书有合写，也有分写。合写的篇目大多是同声相应，把个性相似的同类人物放在一处，比如《塑造正面人物——〈红楼梦〉散论之一》《人物的阶级性——〈红楼梦〉散论之三》等。

蒋和森先是把贾宝玉和林黛玉的评论文章作为第一、二篇，因为他们是主要人物，读者对他们的重视程度自然最高，因此这样编排迎合了读者一贯的审美习惯，容易因熟识而产生接受心理。而宝黛也确实在书中占有最重要的地位，可以说在一定程度上代表了探索者主要的感情倾向，因此将这两个人物放在开篇自然有其深刻用意。而宝黛之后，紧接着就是金玉良缘的另一个"主角"薛宝钗，再往后写了责任感极强的贾探春，之后又写了王熙凤，写了对贾政、妙玉、焦大和尤三姐优点的赞美，对《红楼梦》思想价值和艺术手法的分析穿插其中，最后又写了史湘云、鸳鸯和香菱。对人物评论和思想意义次序的巧妙编排，形成了《红楼梦论稿》一书严谨的叙述结构，在逶迤起伏中做到了结构和逻辑的结合。

除篇章结构布置得体之外，《红楼梦论稿》在论证观点时，使用多种方式穿插其中，取得了较高的艺术成就。

一、详略有序的叙述方式

蒋和森具有较强的排列组合材料的能力，可将千头万绪的人和事条分缕析、安置妥帖，使得人物分析稳中有序、多而不乱。《红楼梦论稿》的论事有详略之分，一般来说，蒋和森对于事件发生的经过和影响往往都是详写，而对于事件的原因一般是简单描绘。在分析宝玉挨打时，蒋和森只用了寥寥数语解释了故事的起因。被打的原因，起初是金钏和贾宝玉在王夫人房间说笑，被王夫人羞辱恐吓，绝望的金钏跳井自尽。正当大家为此事手忙脚乱的时候，贾政正好走来，在贾环的挑拨之下，贾政更加愤怒。蒋和森将原因解释完之后，剩余的篇幅都在叙述贾宝玉挨打的过程和影响，以及参与其中的人物的各种表现。当然，这也与《红楼梦》本身的叙事方式有关。曹雪芹善用网状叙事结构，数条线索穿插其中。因此涉及情节的段落大多细密复杂，但条理清晰、不失秩序。

《红楼梦论稿》没有对事件的表象进行过多着墨，而是从源头出发，挖掘出故事背后的真正起因。蒋和森非常重视对事件根源的探究，具备敏锐的洞察力和判断力。对于宝玉挨打这件事，蒋和森指出，曹雪芹意在通过挨打的表象反映事情的实质。在宝玉挨打的过程中体现出来的父子矛盾、母子矛盾和封建纲常伦理之下的人与人之间淡漠的亲情，都让人感慨万千。另外，宝黛的爱情悲剧和红楼女性的"万艳同悲"自然是各种原因共同作用的结果。仅从直接的原因来看，蒋和森在《林黛玉论》中认为是维护封建纲常的王熙凤和疼爱林黛玉的贾母造成了他们的婚姻悲剧，即便是有贾母这样的人爱护他们，也不能扭转悲剧的结局。对于荣国府衰败的原因，蒋和森从封建社会衰落的本质出发，细致地说明了造成这一结果的根由。整体来说，封建统治阶级为所欲为和贪得无厌都是权力支配下的结果，在封建社会中，权力决定一切。薛蟠的杀人、王熙凤的敛财都是以家族权力为手段来达到目的的。为了追求权力，赵姨娘企图用魔魇法把贾宝玉置于死地，贾环用蜡烛将贾宝玉烫伤，这都是为了争夺贾府的继承权。而这些权力争夺和穷奢极欲的结果，往往是家族的衰落和消亡。基于此，蒋和森对《红楼梦》中的封建社会的本质做了全面的艺术解析。

此外，蒋和森在分析《红楼梦》中的典型人物时，深受刘勰的影响。刘勰在《文心雕龙》中提出："酌奇而不失其真，玩华而不坠其实。"①蒋和森对此深有体会。他在论述《红楼梦》中的正面人物时，一再强调小说中的正面人物是作家通过艺术的加工和想象创造出来的典型形象，这些对象身上寄寓着作者的希望，艺术再现了作者的生平和经历。蒋和森把艺术创作中的理想和现实的关系用比喻的手法进行了描述，理想高于生活但又源于生活，曹雪芹把理想和现实巧妙地结合在一起，塑造了极具真实感的人物形象，从而使整部《红楼梦》表现出了鲜明的现实主义色彩。

蒋和森在评价人物时，采用了阶级透视法，力图将人物放到各自所属的阶层中进行分析。高尔基曾说："单靠'阶级特征'还不能烘托出一个活生生的、完整的人物，一个经过艺术加工的性格。"②因此蒋和森在对人物的阶级性进行分析时，也兼顾了人物的个性。由于生活环境和人生经历的迥异，不同人物之间呈现出了不同的个性，而阶级特征潜移默化地渗透其中。典型如在《贾宝玉论》中，蒋和森认为贾宝玉的空虚和痛苦来自那一特定的时代，封建衰落的阶级给他心理造成的种种压力和折磨，贾宝玉对统治阶级养尊处优的生活的依赖让他无力挣脱封建势力的桎梏。在《林黛玉论》中，蒋和森总结林黛玉的敏感是因为她是一个封建贵族少女，她自幼接受的教育和生活的环境、高贵的地位都是统治阶级给予的。阶级的影响，让林黛玉时刻保持着千金小姐的高傲和自尊，优渥的生活熏陶出了她娇贵而又高冷的性格。而在《薛宝钗论》一篇中，蒋和森则指出薛宝钗虚伪的一面是由阶级性所造成："薛宝钗的虚伪，在它的里面还隐藏着阶级的实质。"③另外，在论及探春时，蒋和森着重指出探春的嫡庶观念是阶级在她思想里的烙印。而为了阐述处在不同阶层人物的行为方式，蒋和森直接用"人物的阶级性"作为标题，分析了金钏跳井以后袭人、薛宝钗和王夫人的反应。虽然蒋和森对人物的阶

---

① 刘勰著，王运熙、周锋译注《文心雕龙译注》，上海古籍出版社，2010，第168页。

② 高尔基：《文学论文选》，人民文学出版社，1958，第248-249页。

③ 蒋和森：《红楼梦论稿》，人民文学出版社，2016，第141页。

级分析在一定程度上加深了读者对《红楼梦》典型人物的理解，但是由于《红楼梦论稿》中过多使用了"阶级"字眼，这在某种意义上掩盖了文本本身的思想内容和社会意义。

二、细致入微的人物评论

曹雪芹在塑造人物时，能详细地刻画出人物的主要特征并进行渲染，从而使《红楼梦》中的人物形象具有典型性。蒋和森在点评人物时也依照这一方式，重点描摹人物的典型性格特点，对他们的人生经历、知识素养、社会关系等各个方面进行全面的解析，并予以客观的评价。

关于《红楼梦》的细节描写，蒋和森认为简洁是其主要特征。曹雪芹以寥寥数笔勾勒出的人物形象就能给人鲜明的印象。另外，简洁也是《红楼梦论稿》的典型艺术特点，蒋和森用普通简洁的语言即可描绘出复杂的人物形象和心理特征。蒋和森指出，《红楼梦》通过对平常生活的描写，发掘出蕴含在其中的深刻含义，《红楼梦》所展现的不仅仅是封建社会的真实生活，更是对一切私有制度下社会生活的解读，在这样的社会环境之下，所有人都很难拥有幸福的结局。

受其影响，蒋和森也善于从细节展开对人物的描述，常常从不经意之处找到人物的亮点。如《红楼梦》第二十六回写丫鬟小红感叹世事无常，天下没有不散的筵席，蒋和森以此来说明靠剥削农民来维持奢华生活的贾府正一步步走向灭亡。贾宝玉见贾芸时，态度傲慢，并且言语之间尽是美味佳肴和丫头戏子，尽显贵族公子的玩世不恭之态，从此一例，蒋和森认为贾宝玉身上并没有摆脱封建统治阶级的恶习。从顽童闹书房时贾宝玉强迫金荣磕头的细节上，蒋和森认为这是贾宝玉纨绔弟子作风的最好证明。另外，《红楼梦》第七十六回写凹晶馆联诗，从林黛玉与史湘云谈论诗词时的自然的动作和直爽谦卑的语言，蒋和森由此深刻地指出了林黛玉真诚谦卑的一面。一向孤高傲物的林黛玉此刻随和而谦恭，她毫无保留地对史湘云表示称赞，被她的才华所折服，没有一点尖酸刻薄的形象。从贾宝玉和林黛玉的生活细节上，蒋和森指出：贾宝玉虽然痛恨统治阶级，但是也对统治阶级充满了依赖；表面尖酸刻薄的林黛玉实质上是一个才华横溢而真诚的少女。

蒋和森善于从影响人物性格的社会因素方面来综合分析人物的性格。深受贾府上下欢迎的薛宝钗，最善于处理复杂的人际关系，薛宝钗的会做人，是她的典型性格，也是贾府上下把贤惠的标签贴在她身上的原因。蒋和森详述了薛宝钗平常奉承贾母、王夫人和丫鬟婆子们的语言行动和心理状态，从而认为薛宝钗是一个虚伪之人。在错综复杂的社会关系的联络之下，不同的个体之间才会发生各种各样的联系，蒋和森依循了马克思对典型人物的定义，用典型环境和典型人物相结合的方法对人物进行整体评价。他在对人物的个性特征进行论述时，把社会关系作为分析的关键因素，阐释了人物的性格和人生走向是由社会环境和性格特征决定的。典型如贾宝玉，蒋和森详细地叙述了造就这个典型人物的典型环境。贾宝玉的身上，深深刻着18世纪的中国的烙印，他的生活和经历是那一时期人们生活图景的缩写。贾宝玉这个丰富的艺术形象来源于18世纪动荡不安的时代，其叛逆性格的形成与周围的现状密不可分。这样的评价在凸显贾宝玉个性特征的同时，也让读者认识到了人物形象折射出的社会环境。注重对典型环境的解析，从而突出社会环境对人物个性的决定性作用，这是对马克思主义评价现实主义作品的原则的准确解读。

此外，蒋和森在构建自己的评价脉络时全面考虑了人物的心路历程和情感状态。在《林黛玉论》中，蒋和森对林黛玉的内心世界做了缜密的剖析，尤其是当她遇到爱情时内心的情感起伏。面对贾宝玉的热情告白，她在夜深人静时细细咀嚼，可是爱情并没有让她欢呼雀跃，她沉浸在了无家可归、无人为她做主的悲痛之中。蒋和森用极其细腻的心理描写精确地指出了林黛玉内心深处的哀痛，而且语调中饱含怜悯之意，对林黛玉的人生遭际给予了真切的理解和痛惜。从整体来看，蒋和森对后四十回的续书是比较满意的，尤其是对涉及人物心理的描写颇为赞赏。在有关宝黛的文章中，蒋和森对其中人物心理的刻画给予了肯定的评价，如林黛玉从傻大姐口中得知贾宝玉将要和薛宝钗成婚时的崩溃心理描写，蒋和森认为这样的心理刻画为宝黛的结局作了巧妙的铺垫。

三、归纳对比的研究方法

为了突出人物的个性特点，蒋和森运用了比较的手法对所要凸显的对象进行侧面烘托。除了将林黛玉、薛宝钗进行对比之外，作者还根据自己的分类将同类人物进行对比，如将袭人和赵姨娘的行为和言语进行对比。其实曹雪芹也把自己分类的人物进行了对比描写，每位夫人和小姐都具有不同的行事风格，千姿万态、不尽相同。可以说，《红楼梦》恰似一棵参天大树，而形形色色的人物则是其中的千千万万片树叶，只有相似，没有相同。蒋和森对不同人物的阐释和分析恰恰是对曹雪芹人物刻画方式的认同，寻其踪迹、探其道理。

蒋和森准确地掌握了曹雪芹对称分析人物的规律，《红楼梦论稿》从整体到局部都使用了归纳对比的叙述方式。首先是归类法，蒋和森把《红楼梦》中的人物按照一定的规律进行汇总归纳。第一种方式是按照在《红楼梦》中的地位和分量，或是个性相似来分类，如《塑造正面人物——〈红楼梦〉散论之一》《人物的阶级性——〈红楼梦〉散论之三》等；或是遭遇相同，如《在"温情脉脉的面纱"背后——〈红楼梦〉散论之五》等。如此安排在满足结构紧凑的布局的同时，也使行文的情感格调一致。另外一种情况是在全局中进行归纳，将重点人物用相同的格式和语调进行论述，典型如《贾宝玉论》《林黛玉论》《薛宝钗论》和《探春论》。蒋和森将《红楼梦》中核心人物的个性特点和生活经历进行了全面的解析，并结合《红楼梦》的整体思路对其进行了多角度透视。还有一种是把美德值得称颂的人物集合在一起，合称为《〈红楼梦〉人物赞》。这部分文章在赞美了部分正义人物的同时，也表现了生活美好的、阳光的一面，同时认同了曹雪芹通过描摹人物对人性之美和生活之美的表达。另外，蒋和森通过把《红楼梦》中有相似爱情经历的人物放在一起论述，在描写爱情观念的同时反映了相同的社会背景和生活环境。香菱的"梦幻情缘"最终灰飞烟灭，迎春的夺命婚姻，史湘云的"云散高唐""水涸湘江"，甚至元春也不过是珠光宝翠掩盖下的高等姨娘，等等，蒋和森详细列举了种种女性的婚姻悲剧之后，认为在黑暗的封建制度之下，女性毫无尊严和爱情可言，从实质上来讲，她们不过是男权社会的附属品而已。文章至此再一次突出主题，蒋和森将对人物的分析引入深层的社会意义上来。

同样，对比手法的运用在《红楼梦论稿》中也随处可见。首先是把书中的人物进行对比。譬如袭人和薛宝钗、平儿和王熙凤的对比等，这些论述侧重于人物的地位和身份。还有按照个性不同进行的对比，如薛宝钗和林黛玉在爱情观念上的对比；贾宝玉和林黛玉的对比，贾宝玉"见了姐姐就忘了妹妹"，而林黛玉则视贾宝玉为生命的唯一等。另外，蒋和森也涉及了不同价值观念的对比，最为突出的是贾宝玉和贾政的人生观和价值观的对比。贾宝玉视功名为粪土，毁僧谤道，推崇女性；而其父贾政则是封建礼教的热切拥护者，八股文章在他眼中才是唯一的正统治学之道。两种完全不同的价值观念导致了父子之间一次次的冲突，甚至影响了与之相关的部分人的人生轨迹。蒋和森还善于将相同或相似的人物汇聚于笔端，在对其进行条分缕析时，发现其细微不同之处，从而进一步表现人物的性格特征。如《探春论》一文，蒋和森在分析了探春理家的精神实质和成败得失之后，将薛宝钗和王熙凤与之进行了对比分析。虽然也深受那个时代的压迫，但是薛宝钗并没有表现出明显的压抑和精神折磨，探春理家遇到了重重阻碍和困难，而薛宝钗却是圆滑通达、如鱼得水，非常适应贾府的整体环境。王熙凤在理家时遇到的情况又与薛宝钗明显不同，她专制独裁、假公济私，眼里只有个人利益，完全不顾贾府的发展和大局。关于三人的不同特点，蒋和森做了客观详细的评价，概括了导致三人不同处事能力和方式的种种因素，同时也进一步突出了探春的人格个性，呼应了探春理家的精神实质——时刻表现出来的强烈的自尊心，这是被男权社会压制的女性的自尊，从本质上讲，也是人性深处的尊严底线。

其次是将书中人物形象与古今中外有类似或不同特点的人物进行对比分析。如蒋和森把林黛玉和杜丽娘、王惠兰、祝英台、白素贞进行比较，指出这些人物形象在艺术手法上都没有达到林黛玉所呈现的深度和广度，缺乏深厚的社会内容，这些经典人物形象的爱情有的是建立在夫贵妻荣的封建道统之上的，有些才子佳人的爱情故事是以金榜题名为终结的，有些佳人是科举制度的热切拥护者和崇拜者，因此，这些女性所反映的思想社会意义相对林黛玉显得单薄。此外，红楼梦中的爱情悲剧根源不是《孔雀东南飞》中的婆媳关系，而是新的价值观念和封建思想之间的冲突，即便是遇到了贾母那样慈爱的家长，这种思想观念产生的矛盾依然无法调和。在《曹雪芹和他的〈红楼梦〉》中，蒋和森创造性地把林黛玉的精神状态和阿Q、唐·吉诃德进行了比较，阿Q的"精神胜利法"和唐·吉诃德的"骑士精神"是他们的标志，林黛玉的"多愁善感"是她的标志，种种人物的精神特质正是时代本质的折射。借助衣冠表现人物的方式仅仅能刻画其个性特征和时代风貌，而他们的精神特征则体现了同一类人物共同的精神状态。更具有开创意义的是，蒋和森进一步把贾宝玉和《水浒传》中的英雄人物进行了对比分析，相对水浒英雄的揭竿而起，贾宝玉流露出了贵族公子的无能和娇弱。但是从另一方面来看，水浒英雄起义的目的是开创一个贤君良臣的国家，对帝王的忠义是他们的信念，甚至他们盼望被"招安"。而贾宝玉则完全不同，他走的是对抗封建统治的道路，对封建社会不再抱有任何希望和幻想。蒋和森将两者进行了对比，认为《水浒传》中的英雄好汉对现实社会依然存在着憧憬，而贾宝玉对当时的世界是绝望的，以至于最后与之进行了彻底的决裂。同样，在描写手法方面，蒋和森也将不同的著作与《红楼梦》进行了对比。面对朱丽叶和罗密欧的死亡，凯普莱脱发出了懊悔的感慨，而林黛玉死后，贾母也流下了悔恨的泪水。同样是对悲凉结局的刻画，蒋和森认为曹雪芹的笔力完全可以和查尔斯·兰姆比肩。的确，《红楼梦》能够真实自然地将生活之美和人性之美进行夸赞，这在当时的世界文学史上都是极为难得的。《三国演义》中不切实际的夸张增强了故事的传奇性，《红楼梦》中以现实生活为基础的夸张的艺术手法更容易让读者有真实感，从比较中产生联想和共鸣，从而深入地理解人物的心理和情绪。

归纳对比手法的使用在一定程度上突出了人物的个性，使读者进一步理解了人物的思想和存在意义。从更深刻的层面来讲，在这种叙述手法的帮助下，人物形象的产生根源进一步展现在了读者面前。从整个文学史的角度俯瞰《红楼梦》中的人物形象，可以清晰地总结出人物形象的发展和变化，从而进一步理解作者的思想基础和创作倾向。蒋和森在对《红楼梦》中的典型人物形象进行对比评析时，不仅仅局限于剖析个体，而且也在探究曹雪芹的创作环境和古今中外其他文学家文化处境的不同。比如面对《红楼梦》的价值在当时不能被认同的情况，蒋和森不无惋惜地感叹曹雪芹的不幸，他的遭际"似乎比世界上许多大作家还要不幸"①。高尔基的《童年》刚刚投稿，就遇到了欣赏它的伯乐涅克拉索夫；巴尔扎克的《人间喜剧》受到诽谤时，得到了司汤达等文学家的认可和支持；《三国演义》《水浒传》和《西游记》问世之初受到了民间群众的欢迎。只有曹雪芹忍受着巨大的孤独，甚至还要承受着封建社会对小说的偏见，完成了《红楼梦》这部伟大的文学巨著。通过这种对比，蒋和森带领读者从情感角度对曹雪芹产生了崇敬和赞扬，无论对于《红楼梦》的艺术价值还是对于曹雪芹的感情偏向上，都具有深刻的意义。

总之，蒋和森在文章布局、句式措辞等方面都有许多特别之处，如新颖别致、错落有致等。虽然某些地方过于重视辞藻修饰，但是瑕不掩瑜，《红楼梦论稿》不仅具备丰富的学术价值，而且富有欣赏意义，在学术界引起了强烈反响。此外，《红楼梦论稿》语言优美华丽，颇具诗情画意，这是其享誉全国的最重要的原因。对于《红楼梦论稿》诗性的论述特征，笔者会在下一章进行专门的论述。

---

① 蒋和森：《红楼梦论稿》，人民文学出版社，2016，第207页。

第四章 《红楼梦论稿》的诗性解读 ≫

　　对于文学批评来说，文体是不可逃避的话题之一，它反映了批评者的精神世界、思考模式和文化底蕴等。我们一般从三个方面来认识文体的结构。首先是对表达方式的解读，包括语言风格、论述角度和表现方式；其次是对作家的论证模式、思维方式和审美视角的研究；最后是对作家的文化背景和社会背景的探索。对文学批评的文体进行探索，有利于我们对文本的进一步探究，进一步彰显文学批评的价值。

　　诗化批评家在中国传统诗词化批评的基础上，采用比喻、象征的修辞手法和文采斐然的语言文字来进行论述，丰富了读者的阅读体验。蒋和森虽然是典型的学院派学者，但他的文学评论并没有沾染理论化和概念化的气息。《红楼梦论稿》中的每一篇文章都立足于文本，以自身感受为出发点，结合自身的生命情感体验，探究曹雪芹的精神世界，并用优美诗意的语言将自己对《红楼梦》的感悟表达出来，最终从中升华出普遍的审美价值和人生价值。可以说，《红楼梦论稿》体现了古代文论的诗性传统，展示了鲜明的诗性色彩。下文将从语言特色、思维模式和审美体验三个角度对《红楼梦论稿》的诗性特征进行阐述。

第一节 诗性的语言特色

出色的文学评论应当是诗意盎然而又充满着灵性的批评，不仅能启迪人的思想，更能带给读者审美体验。20世纪50年代的文学评论，大多是机械而单调的理论性文章，让人读之索然无味。而《红楼梦论稿》不入流俗，它充满诗意和灵性的语言、恰当贴切的比喻和潇洒随性的散文体恰似一首首悦耳的乐章，令人手不释卷、陶醉其中。

一、优美灵动的语言

蒋和森在语言方面有着较高的造诣，他对于杜甫诗词和唐传奇有深入的研究，参与了余冠英主编的《中国文学史》的编纂工作。蒋和森自己在创作文章时，也最大限度地追求语言的优美、诗意和情感，同时又颇具阅读价值。《红楼梦论稿》不乏理论性的文学批评，但通常是将理性分析和情感表达相结合，用热情洋溢的文字，顺畅通达地论述着《红楼梦》中每一处充满诗意的存在，给读者带来了强烈的审美感受，甚至可以让读者从充满韵律的表达中感受到作者的情感起伏。

蒋和森认为，在语言上，曹雪芹继承了以往古典小说中的精华并在此基础上进行发扬光大，集流畅和生动于一身，给人以纯净之美。而《红楼梦论稿》的语言艺术，最打动人的首先便是字里行间的诗情画意。在文学评论中穿插抒情，在抒情时进行评论，是《红楼梦论稿》典型的艺术特点。比如在《红楼梦引论》中，蒋和森这样描述黛玉葬花的场景："落花，把她的飘零身世和只能任人践踏的妇女命运，在她的心里唤醒了。"[1]如此沁人心脾的语

---

[1] 蒋和森：《红楼梦论稿》，人民文学出版社，2016，第21页。

言，将林黛玉的凄凉身世和落花的悲凉场景结合起来，让人读之感慨万千，凄美之感满溢于怀。他还这样评价贾宝玉对林黛玉的热爱：

> 生活的朝霞，在贾宝玉的头上升起。他在那条走得烂熟的通往潇湘馆的道路上，曾经有过多少醉心的、霓虹色的憧憬啊！
>
> 但是，这美好的爱情，所得到的并不是别的，而是更为深重的忧伤和酸苦的眼泪。因为在它的后面，正紧紧地跟随着一道阴影！爱情的火光愈亮，那一道阴影也就愈是分明。[①]

这种优美缱绻、感情绵密的批评语言，字里行间充满了诗意，让读者感受到贾宝玉对林黛玉深沉而热烈的感情，彰显了蒋和森深厚的文化积淀。在涉及对香菱的评价时，蒋和森认为，她本可以绽放"更多光彩的诗心"，可是最终仅仅"弹射出几点火花"，就被阴暗的封建社会吞没了。此类语言不仅优美生动，而且寓意深刻、余韵悠长，令人回味无穷。

另外，《红楼梦论稿》非常重视遣词造句，虽然没有一字定义是非，但字里行间简练直接的言语风格明确地表达了作者的感情倾向。如前文所提蒋和森论述林黛玉悲凉的处境，让读者在伤感的同时，也明白了作者的思想态度，同时也理解了悲剧的产生原因——封建社会里那些表面上用道德和善良标榜自己的人，那些会因为一只蝼蚁和苍蝇的死而痛心的人，却往往因为自己一时的意念而制造出人间悲剧，"于是建牢者笑了。他们觉得自己是在为人造福"[②]。写贾宝玉的叛逆，蒋和森用的是"带有民主倾向的叛逆"，形象地概括了贾宝玉所代表的新思想。写薛宝钗的遵守封建道德，明确指出了"自缚而又缚人"是"封建卫道者的共同特点"。"自缚而又缚人"这几个字用得极佳，既点明了薛宝钗根深蒂固的封建思想，又巧妙地反映了封建卫道者的顽固和自私。为阐明《红楼梦》中某些看似可有可无的场景存在的意义，蒋

---

① 蒋和森：《红楼梦论稿》，人民文学出版社，2016，第75页。
② 同上书，第405页。

和森以"枝叶与花果"为题形象概括了其价值。文中通过描述史湘云和丫鬟翠缕的对话，分析了对话体现出来的二人的单纯和善良，从而得出曹雪芹此处意在将两者的纯洁和封建社会的黑暗进行对比。蒋和森在这里用的"枝叶"和"花果"贴切地形容了这段内容和全书主题的关系，其情感倾向是非常鲜明的。

二、妥帖恰当的譬喻

譬喻是在类比和想象的基础上，用耳熟能详的事物来比喻说明抽象难懂的事物，以平常的道理来解释深奥的哲理。对于文学批评而言，譬喻不仅仅是简单状物拟人的手法，还包括对欣赏对象的风格特征、审美表达和艺术技巧的品评。蒋和森的《红楼梦论稿》之所以深受读者欢迎，除了其在思想和学术方面的价值外，还源于其优美生动的语言。他笔下的文字不像普通的评论性语言那样枯燥无味，而是形象直观的，尤其值得一提的是那些精彩妥帖的譬喻的使用，使文本变得更加富有活力和生机。

蒋和森也擅长使用形象而贴切的比喻来凸显人物的性格特征。比如他写晴雯是"火红的山茶花"，以突出其热情似火的性格；写探春是"扎手的玫瑰花"，以彰显其刚明果断的个性；写史湘云是"色彩明快的风荷"，以显示其爽朗洒脱的名士色彩；写惜春是寂寞角落的"雏菊"，以显其清冷；写袭人是攀爬的"紫藤花"，以表达她对权贵的攀附。而对于薛宝钗和林黛玉，蒋和森分别把她们比喻为牡丹和君子兰，温柔富贵之乡的雍容华贵和不入尘世的高冷分别是二人形象的典型代表。以花喻人，是对《红楼梦》的进一步解读，也是对这些女性形象的进一步定义。不论是写一心攀附权贵的袭人，还是正直的晴雯，抑或是单纯的史湘云，蒋和森都用花进行了比拟，恰当贴切，令人读之心悦诚服。另外，蒋和森把贾宝玉生活的时代比喻成"暴风雨之前的海洋"，以描绘滞闷压抑的社会环境；把荣国府比喻为封建社会的水银柱，以此来说明《红楼梦》所反映的社会意义；把封建社会的婚姻制度比喻成狼，以表明摧残着广大女性。这些解读进一步丰富了人物形象的内涵，让读者有了进一步的认识。另外，在描述晴雯时，蒋和森这样说："怡红院里的暖阁熏笼，并没有改变你天生的野性；绛云轩中的典丽高雅，也没有冲淡你火红的本色。"①在对尤三姐进行评价时说，在姹紫嫣红的大观园里，寻不见"这朵光飞异彩的奇花"。这种比喻修辞在文学评论中可谓是精彩灵动、充满诗情画意，其中的天然本色之美熠熠生辉。诸如此类闪烁着灵秀之气的语言，在《红楼梦论稿》中随处可见。

蒋和森文采飞扬的语言引人入胜，让人如闻乐章，给人以美好的享受和体验。然而，由于过于重视对文字的修饰，在文章的局部产生了内容空洞的缺憾。例如，在《林黛玉论》的开篇部分，作者用了大量的抒情色彩浓厚的语言，给读者的整体感觉如抒情散文一般，感情澎湃之余，不免有空洞之感，影响了对文本真正意义的解读。

三、自由洒脱的散文体

中国传统意义上的文学评论向来注重文采，如刘勰在《文心雕龙》中主张，文学评论应该达到"风清骨峻、藻耀高翔"的境界，也就是说，文学评论应该兼顾风骨和文采，从而达到文质彬彬的效果。《红楼梦论稿》视野广阔、注重抒情，内容涉及社会、生活的各个方面。从批评文体的角度来看，《红楼梦论稿》并不是规范的学术研究著作，而多是一些热情洋溢的抒情性文章，没有严谨的格式，也没有规范的设计，结构呈散文体式，洒脱自如，情感充沛，汪洋恣肆。

蒋和森在诗词歌赋方面颇有心得，在《红楼梦论稿》中随处可见其散文诗化的语言，这样的语言描写既切合人物心理，又让行文显得优美。例如，他在论述贾宝玉的生活环境时，指出在那一时代背景下，"灵智与感情正在不熄地燃烧，正在咬破四周的黑暗而吐射光明"②；论述贾宝玉和林黛玉的志同道合时，指出这种情感"很快就化升为爱情的烈火"，并且"永不熄灭地用整个生命燃烧起来"；在描写林黛玉的死亡场景时，蒋和森的语调悲伤近

---

① 蒋和森：《红楼梦论稿》，人民文学出版社，2016，第196页。
② 同上书，第41页。

于哭泣，"死神的手掌，却是这么不可抗拒地、不容怀疑地要扼住这个少女的呼吸……人们的心情沉重了，泪水游动在眼眶的边缘"①。再如，蒋和森把林黛玉的脆弱心灵描述为"明净而单纯"；她的才华在那个封建社会里无用武之地，只能"寂寞地燃烧"；她对于贾宝玉"爱得深沉，爱得美丽"；唯有死亡，才能止住"生命的奔腾"，因为她生活的环境是恶劣的。宝黛的爱情是《红楼梦》的主线，悲剧的结局牵动着读者的心，蒋和森用感情色彩浓厚的语言真切地表达了内心的感受，也吐露了千千万万读者的心声。这也是《红楼梦论稿》深受广大读者欢迎的重要原因之一。在描述晴雯时，蒋和森认为屈死的晴雯拥有"炭火一般的热情"，最后却"生生被扑灭"……如此种种，不胜枚举。这些充满感情色彩的语言使行文避免了枯燥和呆板，让读者沉浸其中，同时也能引发情感的共鸣。

其次，蒋和森在运用诗化的语言增加文采的同时，也时常夹杂一些感叹和反问来加强行文语气和论述力度。在整部《红楼梦论稿》中，共出现了95处感叹语气，93处反问语气。其覆盖范围之广、语气之强烈，在文学评论中是少有的。例如，在《贾宝玉论》中，蒋和森认为贾宝玉被封建制度所束缚："在贾宝玉的身上，正披戴着一条无形的、经过精工铸造的黄金锁链！"②在此基础上，蒋和森做了进一步的分析，接连用几个感叹语气来形容贾宝玉受到的伤害和顽强的反抗精神，最后指出，贾宝玉是"精神王国的闯将！"。这种铿锵有力的语气和赞美是对贾宝玉的绝对肯定，因为贾宝玉再也无法忍受黑暗腐朽的社会，他要"起来反抗！"，并与封建制度做"彻底的决裂！"。在《林黛玉论》中，蒋和森说她有一颗"容易破碎的心！"；在论述完爱情对林黛玉的影响时，蒋和森再一次用了感叹语气进行强调，"是的，爱情！"，并且认为这是"比甜蜜更有味的苦酒！"③；关于林黛玉孤单的家庭背景，蒋和森感叹"她显得是多么孤单！"，而她的命运又是多么渺茫，"但即使是这种慢

---

① 蒋和森：《红楼梦论稿》，人民文学出版社，2016，第90页。
② 同上书，第49页。
③ 同上书，第112页。

性的残害也不可能了！剧烈的折磨，正等待着林黛玉"①。激起蒋和森感慨的，还有对底层女婢命运的惋惜，比如对鸳鸯"誓死反抗"的赞美。另外，蒋和森对曹雪芹塑造人物的技巧用感叹语气给予了极大的肯定："曹雪芹在塑造人物这一工作上是多么精工入微而又富有深度！"②此外，在对《红楼梦》的艺术技巧、写作方法进行评点时，蒋和森也多次运用了感叹语气，以此来表达对曹雪芹卓越创作手法的赞美。为了进一步加强语气，蒋和森也使用了不少反问句，尤其在《〈红楼梦〉人物赞》中，如："这是横在你脚下的唯一出路。但是，难道可以在这条出路的面前低下头来？"③"这不正是黑暗社会的写照？"④"你一个女孩儿家，何尝愿意这么不浑不清地大闹"⑤这些带有强烈肯定色彩的句子，进一步增强了文章的说服力度，提升了情感厚度。

蒋和森的诸多感叹语气和反问语气固然不能代表《红楼梦论稿》的全部语言风格，但在一定程度上表现了蒋和森对《红楼梦》的真切热爱和感悟，起到的渲染效果自然是平白的语言不能比拟的。然而，过度的热情和感叹往往会使喷薄而出的情感难以驾驭，从而影响到文章的理性分析和判断，尤其是在《红楼梦〈人物赞〉》一文中，蒋和森用了大量的感叹号和感叹词，这固然表露出了情感的真挚，有较强的渲染力，但是过于热烈的感情在一定程度上掩盖了对文本的分析，忽视了人物道德和情感之外的典型性格。

《红楼梦》是曹雪芹的呕心沥血之作，《红楼梦论稿》也是蒋和森精雕细琢完成的。但是，正如人无完人一样，世间的事物也没有完美的，《红楼梦论稿》也不例外。下面要提及的是《红楼梦论稿》中存在的过度夸张的问题。

在文学评论中，为了强化文章的论证力度和情感色彩，作者常常采用夸张的手法，但是这种夸张手法的运用必须与理性的论断结合起来，因为文学评论是基于客观事实的科学研究，而不是主观性的创作。因此，文学评论中

① 蒋和森：《红楼梦论稿》，人民文学出版社，2016，第125页。
② 同上书，第390页。
③ 同上书，第193页。
④ 同上书，第201页。
⑤ 同上书，第202页。

具有总结意义的论断应该是准确科学的，如果加入过多夸张，就会削弱文章本身的论证力度。从这方面来看，《红楼梦论稿》的确存在一定的问题。在关于爱情的描写上，蒋和森在字里行间想要表达的是曹雪芹通过爱情描写来"控诉整个社会"。这种结论对宝黛爱情的意义和地位做了过度的夸张，把爱情描写等同于社会描写，贬低了《红楼梦》批判现实的意义。当然，宝黛爱情悲剧是对封建社会的有力控诉，但是我们不能把它与整部小说的社会意义等同起来。林黛玉的死当然令人惋惜不已，但是作者用了"让我们通过林黛玉懂得祖国的过去，更懂得祖国的今天和将来！"[①]等号召力极强的话语，未免过于夸大了林黛玉死亡的意义。当然，在文学评论中适度的夸张是可以的，但是应当尽力让这种艺术手法与客观科学的论断统一起来。

第二节　诗性的思维模式

思维模式是人类分析世界、思考人生的思路和视角。从传统的意义来看，中国文学更倾向于感悟，不重视具体化的逻辑思维，往往通过直觉式的鉴赏，运用比喻、拟人、象征等直观的表达技巧去触动读者的感性思维，从而让读者理解作品的潜在意义和精神内涵。从《红楼梦论稿》的整体风格来看，蒋和森的思维模式沿袭了古代文论这种直感式的思维模式，以感悟的方式来体会作者的情感，并且通过丰富的表达技巧来把握研究对象的典型特点，从而在诗情画意的境界中与作者产生强烈的共鸣。

一、直感顿悟

直感顿悟是一种直觉思维，是形象思维和灵感思维的合称。形象思维即直感思维，是指建立在经验和直感上的思维。灵感思维又称顿悟思维，是由

---

① 蒋和森：《红楼梦论稿》，人民文学出版社，2016，第135页。

直感的显性意识发展成的潜在意识。崔大江在谈及意境和直感顿悟的关系时指出，艺术中的物象是意境的基础，当具体的物体组合成意境，实在的东西就变成了虚空的、不具体的感受。①艺术家在研究大自然的时候，主观感受与客观自然在触碰的瞬间会迸发出一种感悟，此种感悟物我不分、天人合一。因此，对客观对象产生直感顿悟之后，才有了意境。

蒋和森的《红楼梦论稿》恰是用这种直感顿悟的思维模式来对《红楼梦》进行理解和剖析的，这种评论一般可以对批评对象的性格特征做到精准的把握，因而冯其庸认为《红楼梦论稿》中的观点是众多评红论著中与曹雪芹的创作心态和设想最为贴合的："蒋和森的文章本身就是艺术品，至今也很少有人把研究论文写得那样好。"②此外，作家叶文玲在读了《红楼梦论稿》之后，给蒋和森写了一封感慨万千的信函，以示深受启发。可以说，蒋和森通过直感顿悟的思维模式，达到了直探曹雪芹内心和诗心的境界。

例如，蒋和森在谈到焦大时，这样说："你仿佛在启示人们：俚俗胜似典雅，真理不用藻饰。"③焦大的正直醉骂给千千万万个读者留下了深刻的印象，曹雪芹仅仅用了百余字，就让焦大成为读者心中无比熟悉的人物形象。焦大骂出了时人敢怒不敢言之事，揭穿了道德遮掩下的肮脏行为。蒋和森凭着自己的直观感受，体会到文字背后的深刻内涵，感悟到作者思想的起伏变化。

在评价尤三姐时，蒋和森对她刚烈性情的解读也是脍炙人口、深入人心：

像在湿闷郁蒸的暑夜，突然随着轰雷洒下一阵暴雨，你以肆意放泼然而又爽气淋漓的语言，霎时驱散了一天燠热。④

蒋和森并没有做长篇大论的分析，只是通过直感顿悟，从几句简单的事实描写中感悟到隐藏的哲理，将尤三姐执着的真性情刻画得淋漓尽致。他

---

① 崔大江：《中国宇宙意识与艺术意境论》，《华南师范大学学报》1994年第3期，第48–55页。
② 雨虹：《蒋和森学术讨论会在京举行》，《红楼梦学刊》1996年第4期，第47页。
③ 蒋和森：《红楼梦论稿》，人民文学出版社，2016，第201页。
④ 同上。

那颗敏锐之心时刻在观察，在理解，在体悟，甚至在与曹雪芹进行灵魂的交流，经历一次次心灵的洗礼。

这样的例子在《红楼梦论稿》中俯拾即是，让读者陶醉其中、流连忘返。虽然这种直感顿悟思维方式下的论述表面看来缺乏逻辑性，但在某种程度上比概念化理论性的文学批评更有说服力，可以让读者感受到作者鲜明的观点。

二、具象思维

具象思维指的是具体的形象思维，我国传统文学对意境的表现和情感的传达往往采用这种表达方式。传统美学中的具象思维表达主要是在美学理论的指导下，对批评对象进行具体的刻画和呈现，从而总结出批评对象的艺术特色。这种表达植根于悠久的传统文化，充满丰富的情感，洋溢着美学色彩。蒋和森在文学评论中对所研究的对象进行剖析、解读，精确地掌握了研究对象的特征。例如他这样概括《红楼梦》的场景和图画：

> 因此，作家在书中并不是沿着一个侧面、一条线路把我们带进他所描写的封建世界；更不是把一张张片断的生活图画拿给我们看；作家使我们看到的，乃是一个纵横交错、万象纷呈的生活整体。[1]

蒋和森分别用线路和图画来准确把握《红楼梦》的整体布局，令读者读后豁然开朗，而此类营造具象的描绘就是诗性表述的一种。在诗性批评创作中，具体物像是评论者借此倾注感情体验的客观对象，是一种情感的代表。因此，从这个角度来说，具象是评论者为自己细微的阅读感受找到的一种客观的表达。

蒋和森的诗性批评一般采用生动形象的语言，把自己对作品的具体感受化

---

[1] 蒋和森：《红楼梦论稿》，人民文学出版社，2016，第264页。

作一个个具体的形象供读者体会和把握。如在评价贾宝玉时，他这样描述：

> 过惯了寄生生活的贾宝玉，正像他居住的怡红院回廊上"各色
> 笼子内的仙禽异鸟"一样；太多的束缚与时代风云的征象，固然不
> 断激发着自由生活的意志；但狭窄而温饱的生活也退化着奋飞的毛
> 羽，使他还不能毅然冲破荣国府这个金铸的封建牢笼。[①]

蒋和森的描述没有简单地滞留于表面现象，而是深入人物的本质，让读者对人物的典型个性进行充分的认知。他让读者几乎感受不到是在研究作品，更像是探究灵魂深处的意义，把个人认识到的批评对象还原成具体可感的形象。相对于其他思维方式，这种具体可感的形象感染力更强。具象化的叙述也可以包含剖析论证，用这种形式呈现出作品的不足之处，可以让表述切实而又中肯，理性而不失感情色彩，达到直观分析难以企及的效果。

第三节　丰富的人学意蕴

人本主义立足于人性本身，强调人的作用和价值，并把对人的认知当作其哲学的开端。文学批评受人本主义的影响颇深，文学批评家往往侧重于发掘作品中的人性美和感性的作用，主张从艺术感觉的角度加深对作家和作品的认知，从而达到对作品的理性评价。俄国的车尔尼雪夫斯基是人本主义的代表之一，《哲学中的人本主义原理》是其代表作，蒋和森对俄国的哲学颇为熟稔，因此他的文学创作自然会受其影响。正是从这种人本主义的角度出发，蒋和森在批评实践中以自我感受为基础，强调自我的审美感知，并从中升华出作品的审美意蕴，进而对作家的思想和人格有了进一步了解，并在

[①] 蒋和森：《红楼梦论稿》，人民文学出版社，2016，第59页。

此基础上进一步理解作品。此外，在《红楼梦论稿》中，蒋和森往往用一种客观公正、宽容理解的态度面对每一个研究对象，通过研读作品体察作家的思想世界，由作品中展示的艺术世界来理解作家的创作思路。由文本我们可知，在批评对象面前，蒋和森善于从对方的处境出发，从艺术表象中探索出曹雪芹的个性和价值观，甚至可以洞见其内心的诗情画意。

一、以自我感受为依据

文学评论不是一种简单的鉴赏表达，而是评论者人生实践的一种形式，其中融入了自己的情感体验和精神理想。蒋和森往往深入批评对象的内心世界，与其进行心灵的沟通。把"自我"作为出发点，并非简单地强调自我的中心地位，而是结合自己的生活阅历和人生经验，在这个基础上进行批评。蒋和森在解读《红楼梦》时，就注重"自我"的作用，强调自身的灵感和直觉，从自身的主观感受出发，融合自己的人生感悟，走进《红楼梦》描绘的世界中，去感受曹雪芹的精神世界。

对于蒋和森来说，文学评论是一种再现自我价值观的活动，不是用作品来检验某种理论的合理性，而是把个人的感触融入评论中，把自己的阅读体验与读者分享。在论及贾宝玉时，他认真分析了贾宝玉试图挣开封建枷锁的心情，体会到贾宝玉焦急和烦躁的心情，并且独具慧眼地指出那一时代背景下知识分子对光明的渴求。正是因为他以生活阅历为基础，融入了自己的人生经历，觉察到20世纪50年代末的知识分子与曹雪芹在某些方面有类似之处，从而在精神上与之产生了共鸣。在评论林黛玉时，他从林黛玉的生活环境出发，以直感思维感知到其恶劣的生存环境，体会到她"不散的忧郁"，对林黛玉的苦楚可以说感同身受。因此他深情地为林黛玉的诉求呐喊，得出"林黛玉正是这一时代的典型产物"的结论。正是由于他深切理解到社会制度给林黛玉带来的创伤和痛苦，才能理解封建制度的弊端。正是这种饱含着深刻感悟的感怀式表达，让《红楼梦论稿》洋溢着人情之美。

以"自我"为出发点，并不代表着评论者可以天马行空，这种"自我"是基于公正客观、诚恳体谅的评论方式的。对于批评家来说，评论文学作品离不开丰富的理论积累和宝贵的人生经验，更离不开宽容客观的批评态度。蒋和森在《红楼梦论稿》中始终保持着端正的批评态度，真正做到了与作者的情感交流。

蒋和森的宽容真诚体现在他秉承一切从文本出发来评价文学作品的理念，立足于文本和作家的世界，没有用格式化的概念术语和条条框框去解剖作品，总是可以让读者感同身受、心悦诚服。他认真研究每一个红楼人物和作者的内心世界，并且真诚而客观地表达自己的观点。在论及曹雪芹的现实主义写作手法时，蒋和森在对曹雪芹的艺术经验倍加推崇的同时，也指出在当下的历史条件下，文学需要新的艺术形式和创作方法，在继承曹雪芹现实主义创作方式的同时，应当剔除糟粕、推陈出新。

蒋和森的客观宽容表现在他"不虚美、不隐恶"，赞其优点，贬其缺点。他在诚意赞美《红楼梦》优点的同时，也直截了当地指出作者和作品的问题和缺陷。如在评价《红楼梦》中的民主思想时，直接坦荡地指出曹雪芹的落后：

> 《红楼梦》所表现的朴素民主思想，还带着朦胧的、自发的性质，还没有形成一套思想体系，因此，它与下一个历史阶段即资本主义上升期间所产生的新的东西比较起来，却又显得不够成熟，依然带着浓重的旧生活气息。[①]

同时他也能够充分理解曹雪芹的学识和生活背景，对其思想上的落后不苛责，对《红楼梦》体现出来的民主思想给予充分肯定：

> 尽管《红楼梦》存在着时代的、阶级的局限，但并未从根本上影响这部作品的伟大价值。这不仅是因为那些消极因素将会随着时代的进步、随着群众认识水平的提高而愈益缩小它的影响，它"是与历史发展成反比例的"（马克思语）；而且还因为曹雪芹更有突破

[①] 蒋和森：《红楼梦论稿》，人民文学出版社，2016，第373页。

了阶级限制和时代限制的地方。而且这一部分是以优势的地位存在着。那些用世界上第一流天才艺术家的手腕所创造出来的历史生活图画，特别是通过那许多感人的形象对封建社会所作的深刻批判，以及所提出的富有民主特色的光辉思想，终于使作品中即使是表现得比较严重的缺陷，也退居于次要的地位。①

蒋和森客观宽容的批评态度是他坚持以"自我"为出发点的表现，也是他文学评论中人性意蕴的表达。只有坚持以人为本，才能真正做到客观宽容。也只有在客观宽容的批评理念的指导下，才能体察作者心理，洞察人性，进而理解作者饱含诗意的内心世界。

二、以体察人性为宗旨

20世纪30年代，苏联作家高尔基最早提出了"文学是人学"这个命题。他认为特定历史时期人与人之间的社会关系是文学的研究对象和研究目的，文学作品体现了作家的人生理想和追求，在此基础上，高尔基认为，文学创作的最终目标是让人趋于完美。文学作品寄托着作家的精神体验和价值判断，评价一个作家不能抛开他的作品，不能抛开他所描绘的艺术世界。②因此评论者在开展文学批评时，在对批评对象的优缺点进行评价时，还要深入探究其中蕴藏的人性内涵，通过批评性文字来表达深厚的生活哲学。与同时代的文学评论著作相比，蒋和森的《红楼梦论稿》不是用已有的理论去解剖作品，而是从普遍的人性和作品产生的特定历史环境出发，通过作品去研究人性和作家的人格特质。蒋和森的学生周建渝在《怀念我的导师蒋和森先生》中谈到了《红楼梦论稿》对人文精神的重视：

先生对《红楼梦》进行阐释时，很注意其中的人文精神。他并

---

① 蒋和森：《红楼梦论稿》，人民文学出版社，2016，第373页。
② 雨林：《高尔基谈文学三要素》，《新闻爱好者》1993年第2期，第29页。

非就事论事般地叙述其中人物之间的爱与恨、喜与悲，他试图从这些纠缠不清的情感中探讨人生的哲理。①

蒋和森总是能通过文本感知到作家的意图，总结出其中折射的人性内涵。在《林黛玉论》中，蒋和森通过对林黛玉个性特点的分析，认识到那一历史环境下人性的共同特点：

> 在这一性格中，既熔铸着人物所属的阶级印记，又反映着那一时代的历史风貌，同时还渗透着我们民族的心理气质，以及为各个时代的人们所共感、所激动的东西。②

这是一种"一叶知秋"的境界，他并没有停留在对作品表面化的理解，而是深入探索主人翁的内心世界，透视普遍的人物心理特点。在《薛宝钗论》中，蒋和森细致地对薛宝钗的性格心理进行分析，认为传统模式下对薛宝钗进行的表面的分析并没有触及人物本质，因为只有探索出"她那作为一切行为活动枢纽的思想实质"③，才能对薛宝钗的内心世界进行全方位的了解，进而"认识这一典型的社会意义"④。这的确是对《红楼梦》人性意蕴的真切体认，同时也是对曹雪芹洞察力的赞美和欣赏，"曹雪芹在塑造这一人物时……在错综复杂的状态中，在事物之间的多种联系上把这一人物描画出来，凸显出来"⑤，更是直探曹雪芹的内心深处，看到了他刻画人物的卓越手法以及其中的辛苦和努力。在谈到鸳鸯时，蒋和森对她敢于反抗的行为表示由衷的赞美，认为她向封建势力做出了反抗，并且指出"建筑在别人自私心理上的避难所更不可靠"⑥，反映了统治者的自私和冷漠。《红楼梦论稿》中

---

① 周建渝：《怀念我的导师蒋和森先生》，《红楼梦学刊》1996年第4期，第52页。
② 蒋和森：《红楼梦论稿》，人民文学出版社，2016，第93页。
③ 同上书，第144页。
④ 同上书，第93页。
⑤ 同上书，第145页。
⑥ 同上书，第398页。

的每一篇文章都没有停留于对作品表面的解读上，而是通过剖析和理解，探索出其深处的人性意蕴，揭示出普遍的认知规律。

蒋和森不仅善于从文本中挖掘出人性的普遍规律，发现人情和人性之美，还善于通过文本去透视作者的思想世界，从而发现曹雪芹的性情和人格。在谈论焦大时，蒋和森从腐败的统治者身上看出了封建社会的肮脏，从耿直的焦大身上读出了正直和勇敢，而这些正是封建社会的残酷现实，也是曹雪芹笔触的幽深之处。在谈及统治者贾政时，蒋和森一方面描绘了他的威严庄重，另一方面又讽刺了他道貌岸然背后的虚伪，最后表达出曹雪芹内心深处对现实的深恶痛绝。在《〈红楼梦〉艺术论》中，通过对《红楼梦》艺术特色的分析，蒋和森从曹雪芹掩统治者之耳目的写作目的"忽念及当日所有之女子……万不可因我之不肖，自护己短，一并使其泯灭也……"[1]，而推测到曹雪芹的人生际遇——"这固然与作家的生活遭际有关……"[2]。在《论〈红楼梦〉的爱情描写》中，蒋和森从红楼女子的爱情悲剧中洞见了曹雪芹对封建黑暗势力的痛恨，以此推究曹雪芹的"郁闷、不满"，并且认为这也是那一时代的精神面貌。透过曹雪芹的文字，蒋和森总是能够细心体察到人物的微妙心理，理解到他们的困难处境，感受到作者创作时的心态，从而探寻到曹雪芹的人格性情和心灵世界。

作家的生活痕迹总是会深深地刻在文学作品上，文学作品也折射着作家的人格和价值观念，让读者可以通过其作品想象其人。文学是人学，读者在对一部作品进行研读时也在探索作家的精神世界，在对一部作品进行评论时也在品读作者的人格精神。文学批评的真正意义在于对人性的发现，对作者心灵世界的了解，而不在于高深的理论化的结论。因此说，通过这种"以人论文"的批评方式，蒋和森真正走进了曹雪芹的内心世界，触及了曹雪芹的灵魂，也因此《红楼梦论稿》深受广大读者喜爱。

以上主要从诗情画意的语言、诗性的思维方式和生动的人性体现三个方

---

[1] 曹雪芹：《红楼梦》，人民文学出版社，2008，第1页。
[2] 蒋和森：《红楼梦论稿》，人民文学出版社，2016，第295页。

面分析了《红楼梦论稿》的诗性特征。通过研读和剖析《红楼梦论稿》，我们可以看出，《红楼梦论稿》是一部以深厚的文学素养为基础，以马克思主义理论为指导，以审美体验为基点，以诗化的文字为支柱，以生命的共性为旨归，探索作者内心世界和《红楼梦》文本世界的杰作。其中不仅蕴含着理性的思想光辉，也建构了诗情画意的审美空间，更兼具灵性、直感和想象的氤氲和充盈，使思想表达和人物刻画得以尽情地展开。读者从中不仅体察到了作品的形式美和意蕴美，更领悟到了曹雪芹的人格美和精神美。

第五章 20世纪70年代后《红楼梦论稿》的阐释视角和评价体系的变化 ≫

第一节 历史唯物主义与《红楼梦引论》

《红楼梦论稿》引起强烈反响的原因除自身的艺术成就外，其反映的政治倾向也是至关重要的因素。郭豫适曾指出："在《红楼梦论稿》一书中……这说明只有依靠辩证唯物主义和历史唯物主义，'只有依靠马克思主义的美学原理'，才能够正确地解释《红楼梦》。"[①]辩证唯物主义和历史唯物主义是马克思哲学的主要构成部分，蒋和森在20世纪40年代涉猎的苏联译著中就包含了这方面的内容。郭文中提到的"只有依靠辩证唯物主义和历史唯物主义"指的是1959年版的《红楼梦论稿》。而在1958年，蒋和森发表了一篇名为《曹雪芹和他的〈红楼梦〉》的文章，该文已经可以熟练运用唯物史观对《红楼梦》的创作理念和社会

---

① 郭豫适：《红楼梦研究小史续稿》，上海文艺出版社，1981，第422-423页。

背景进行详细的分析，并触及了一些人物评价。我们可以认为，该文奠定了《红楼梦论稿》修订版的基调。因而，要全面理解《红楼梦论稿》价值观念的演变，这篇文章的价值是不容小觑的。值得一提的是，蒋和森于1995年还写了《红楼梦引论》一文，其中涉及的对曹雪芹创作观念的论述与《曹雪芹和他的〈红楼梦〉》一文遥相呼应，并且放在了2006版《红楼梦论稿》的开卷部分，其重要性可见一斑。

一、历史唯物主义视角下的阐释维度

历史唯物主义是马克思哲学的主要构成部分，主要阐述了人类社会发展的一般规律，认为上层建筑归根结底是由经济状况决定的。也正基于此，唯物主义把社会划分为不同的阶级，而不同阶级之间的需求造成了阶级矛盾和冲突，因而马克思主义一般从阶级分析入手，结合社会和历史的研究方法，对社会现象进行分析和研究。从蒋和森的学术历程来看，他对这种阶级分析法是不陌生的。唯有深入探究，才能了解个中的不足，特别是在当时的社会环境下，唯物论于现实有着切实的价值。这也是蒋和森很快将马克思主义熟稔于心的重要原因。

简而言之，历史唯物主义认为社会存在决定社会意识。基于此，在历史唯物主义指导下的美学概念里，艺术是特定生产关系在精神方面的反应，是物质基础发展到一定程度的结果。因而，马克思主义唯物史观对艺术的解释不外乎把文艺作品放到产生它的社会物质环境和思想环境中去分析，从而得出在那一历史语境下的存在意义。这种分析方式着力于研究艺术作品产生的社会环境。此处的社会环境不仅包括特定时期的政治、经济和文化等客观条件，而且包含文艺作品的创作过程、接受过程和文学批评环境等意识层面的因素。通过两大层面的探索，来对文艺作品进行分析和判断，从而对作者的造诣和作品的艺术价值进行评定，并且在一定程度上发掘出作者的片面之处和文艺作品的局限所在，尽力找出其背后的社会根源，从而为后人提供经验和教训。

郭豫适提出的蒋和森用历史唯物主义研究《红楼梦》中的人物形象参考

的是1959年版的《红楼梦论稿》。此时的蒋和森已经具备了扎实的理论基础和政治觉悟，因而可以熟练地运用历史唯物主义和辩证唯物主义解释《红楼梦》。前面在阐述成书背景时，曾指出索隐派和考证派的不足之处，而两者最大的缺憾就是对文本之外所谓"外部研究"的过度重视，忽略了对文本本身的分析和解读。历史唯物主义和辩证唯物主义虽然也重视对作家的生平经历和时代背景的研究，但是与索隐派和考证派还是存在本质区别的。索隐派和考证派着力点在于文本之外，总是试图找到"真人真事"与文本进行对号入座，索隐派一度把文本外的"真实"作为研究的主要对象；考证派虽然没有如此极端，但也把主要精力倾斜于对作品之外的历史资料上，如果翻阅周汝昌的《红楼梦新证》则可略见一斑。在这部具有代表性的考证派著作中，多是详细的历史资料、缜密的考证和分析，但与《红楼梦》本身相关的篇幅甚少。更有一批后来的考证派追随者完全将文本放在了研究范围之外，历史资料成了主要的探索对象。

而马克思主义哲学观在强调历史背景重要性的同时，仍然把文本作为研究的中心，外部研究的最终目的是回归文本。可以说，这是非常科学的，任何作品的形成都得力于一定的社会和历史背景，特定的生存环境也造就了创作者的思想和意识，也是激发创作者灵感的外部条件，这就是社会存在决定社会意识的体现。

二、《曹雪芹和他的〈红楼梦〉》中的阐释视角

1954年的"批俞运动"之后，《红楼梦》的艺术品鉴开始兴起。而蒋和森在1958年创作的《曹雪芹和他的〈红楼梦〉》顺应潮流，正是这场文学热潮中的代表性作品之一。《红楼梦》的艺术品鉴主张以文本为出发点，并且主张在文学批评时要以文学理论和文学观点作支撑，在遵循唯物史观的基础上，着重分析时代思想背景和经济基础、社会结构的变迁对作品的影响。值得一提的是，《红楼梦》的艺术品鉴涉及了曹雪芹的世界观与他的创作倾向之间的矛盾问题，也就是要把曹雪芹的主观意识和《红楼梦》中所描绘的客观现实适当进行区分。此外，《红楼梦》的悲剧美学价值在当时成为艺术品鉴的热点。

当然，受政治环境的影响，部分不同的意见没有得到充分展开。仅仅从学术角度来讲，这场红学思潮用当时的艺术鉴赏理念对《红楼梦》的人物特征、社会意义和悲剧之美进行阐释，开启了《红楼梦》研究的新时代，直到今天，依然对《红楼梦》研究有着深远影响。

蒋和森在《曹雪芹和他的〈红楼梦〉》一文中，开篇第一节就分析了曹雪芹生活的社会背景和人生经历，并指出："为此，曹雪芹在《红楼梦》中向我们展开了一个宽阔的世界，这是一个关于人、人的思想感情和人的生活的世界。"①这是蒋和森对《红楼梦》所蕴含的意义的整体评价和认知，据此，也自然总结出了《红楼梦》是一部"对封建时代的生活感到痛绝"的著作，而但凡有不平就有批判，因此曹雪芹自然对黑暗的现象进行批判。在这种意识的指导下，蒋和森认为《红楼梦》中的荣国府就是封建社会的缩影，其腐朽和愚昧决定了众多红楼人物的悲剧人生。而根据作者对荣国府的解析和评价，就可以得知曹雪芹创作《红楼梦》的深刻意蕴。这就是蒋和森在《曹雪芹和他的〈红楼梦〉》一文中开篇就显示出来的情感倾向。结合辩证唯物主义和历史唯物主义观点，把曹雪芹背后的社会关系和社会现象用社会学和历史学的方法论进行分析研究，再从作者对社会现状的态度回归到曹雪芹的思想价值观，在这种双向的批评思路下得出的结论自然是准确的，至于其中出现的夸张问题，前文已经进行了详细的说明。

此外，《红楼梦》的艺术品鉴尽力发掘人性之美和生活之美，一如蒋和森所说，我们在阅读《红楼梦》时，在看到灰暗的同时，也感受到了其中的"青春的、爱情的明丽色彩"。每个人物都有其闪光之处，如在分析了薛宝钗的虚伪之后，蒋和森不忘赞美其善于处理贾府事物的端庄和贤惠。值得注意的是，如果从这个角度来看，我们也就不难理解蒋和森支持"钗黛合一"论的原因了。单纯从欣赏的角度观察人物，每个人身上都有闪光点，作者对不同立场的钗黛二人给予了不同的赞美，这样两个美丽的妙龄女子各有其夺目

---

① 蒋和森：《红楼梦论稿》，人民文学出版社，2016，第210页。

之处。"林黛玉和薛宝钗是两种美，两种难以调和的美。"①可以说，这是在蒋和森的审美视角下得出的必然结论。从这个角度上，蒋和森对包括贾宝玉、林黛玉、薛宝钗、贾探春等在内的主要角色分别进行了全方位的评价。他不主张把人物片面化，因为如此一来就把《红楼梦》的美学价值缩减了。鲁迅曾指出《红楼梦》的最大特点是"如实描写，并无讳饰"。他主张文学创作要刻画有真实感的人物，应该摒弃传统小说中"好人完全好、坏人完全坏"的套路。另外，"如实描写"并非照搬现实中的人物，而是人物的言谈举止和个性特征与时代的背景相符合，让读者读之有真实感，而不是虚构而成。蒋和森对此感悟颇深，他在评价人物时也反对给人物简单地下定义。社会环境和生活环境造就了人物的局限性，但人性之美在某些时刻常被唤醒。蒋和森特别擅长关注人性的光辉，能够恪守学术精神，这也是蒋和森在"文革"结束以后能够坚持自己的学术旨趣、《红楼梦论稿》依然在学术界占有重要地位的原因。

如果把1995年蒋和森在《红楼梦引论》中的评价立场与《曹雪芹和他的〈红楼梦〉》进行对比，还是可以看出他的观点态度有了显著的改变。首先，其中的"阶级"观念明显弱化，整篇《红楼梦引论》中，仅仅出现了一次"阶级"的字眼。其次，蒋和森由重点研究《红楼梦》的反封建价值转变为文学价值。他认为，《红楼梦》最主要的意义，"在于用形象的语言写出了人生"。蒋和森研究重点的转变证明了他学术造诣的提高和成熟。相对于大部分文学作品仅仅表现人生的某个侧面，《红楼梦》表现了人生的方方面面，深刻全面地反映了家庭生活和社会生活的方方面面，每个人都或多或少能从中看到自己生活的影子，这也是《红楼梦》总是让人产生哲学感触的原因。《红楼梦》的艺术价值跨越了文学和哲学等不同学科，也穿越了地域和时间。据此，蒋和森指出，"《红楼梦》不仅属于中国人民，也是全人类共有的精神财富"②。如果说在《曹雪芹和他的〈红楼梦〉》一文中，蒋和森没有用阶级评

① 蒋和森：《红楼梦论稿》，人民文学出版社，2016，第136页。
② 同上书，第39页。

价代替艺术评价，那么在《红楼梦引论》一义中，蒋和森也没有用单纯的文学价值代替对社会意义和人性价值的判断。这既得益于蒋和森丰富的理论积累，能够辨析各种指导思想的优劣，也与他的人格有关，不论处在什么时代背景下，他都能以行文为重点，以文本为出发点，通过文本反映的社会现象和人格特点来理解作者的思想和价值观，这是蒋和森始终坚守的学术旨趣。因此，本章虽然旨在指出"文革"前后《红楼梦论稿》不同版本在内容上的变化，但仅基于客观视角，以社会历史学影响下的批评方法来审视《红楼梦论稿》在侧重点上的变化，从全局来看，蒋和森对红楼人物的欣赏和赞美的态度是没有发生变化的。在1981年的版本中，我们也能感觉到，最能代表蒋和森价值观念和学术立场的宝、黛、钗的章节，其主要思想理念并没有发生明显的变化，关于宝玉和黛玉的两篇文章其实仅仅是个别字句的改变。而这，也从另一个角度体现了蒋和森在20世纪50年代对文学艺术品鉴的领悟。

第二节　不同版本的人物批评之对比研究

"文革"之后，小说批评派红学进入了新的发展阶段。在新的学术环境和文化氛围下，学者的思想得以解放，不再遵循传统的批评模式，开始自由研究《红楼梦》的艺术价值，出现了大批研究成果，小说批评派成为红学的主流学派。出现这种状况，首先归因于此时的考证派红学遇到了证据匮乏的问题，短时间内难以突破这种困境。而此时的索隐派也发生了资源危机，二者都发展到了日渐衰微的地步。其次，此时的文学批评派经过不断借鉴和采纳新的研究视角和文艺理念，形成了系统的评论体系，羽翼渐丰，其中美学—历史的批评方法产生了巨大的影响力。以这个角度为切入点，研究者完成了许多具有深厚学术价值的探究，对《红楼梦》的美学思想进行研究的著作如雨后春笋般出现。至此，关于《红楼梦》的研究逐步走出了机械化和概念化的泥潭，研究成果也渐趋客观。1981年出版的《红楼梦论稿》正是在这样的指导思想和历史背景下形成的。

　　与1959年的版本相比，1981年的版本中有些改动，但整体感情倾向并没有显著变化。如关于贾宝玉、林黛玉的篇章仅修改了一些字词，关于薛宝钗的部分虽然变化相对较多，但整体观念并没有明显改动。当然，也有一部分人物形象的评价或许有了不同程度的变更，一些虽然仅仅是措辞的改动，但体现出来的情感还是会有细微的不同。所以，本节主要针对其中蒋和森的批评视角和情感倾向有明显变化的人物形象进行阐述。以此来论述"文革"结束后《红楼梦论稿》在批评体系上的改变。

　　显然，蒋和森批评视角的变化带来了令人欣慰的结果，较"文革"前的评价体系有了进一步的发展，但是如果将之前的观念全部否定也是不客观的。历史唯物主义和辩证唯物主义在文学批评领域的合理之处在于其对现实主义的阐释和社会意义的重视，这也可以弥补其在文学批评领域中的过度重视阶级的问题。前文已经详细阐述了林黛玉和薛宝钗这两个人物在整部著作中的重要地位，以及其中体现出来的蒋和森的评价角度。在1981年的版本中，蒋和森增加了《〈红楼梦〉人物赞》一文，把贾宝玉、林黛玉、凤姐、晴雯甚至贾政等人物的闪光之处一一进行了赞美。而在1959年的版本中，蒋和森则把凤姐和贾政等人物作为腐朽的统治阶级进行鞭挞。在论及宝黛的爱情悲剧时，蒋和森将王熙凤当作始作俑者，他参照后四十回的文本，在王熙凤策划的"调包计"的干预下，贾宝玉和薛宝钗得以完婚。在此处，蒋和森把王熙凤当作当权人物进行分析，着眼的是她所处的阶级。很显然，这是使用20世纪50年代盛行的阶级斗争理论来分析《红楼梦》中的人物的。从这种视角对人物进行批评，自然会忽视对人物本身的研究，影响人物分析的客观性。在1981年版增加的文章中，阶级化的字眼明显减少，取而代之的是对人物本身的分析，这也是伴随批评理论的变化而出现的结果。另外，1981年的版本在表现手法、研究视角等方面也有了不同程度的调整，由此带来的结果是对人物的评价视角和对《红楼梦》整体思想意义的认识等方面的变化。

一、表现手法的转变

《红楼梦论稿》的主要部分是人物评论，其优美而不失理性化的语言是其主要特征。蒋和森综合使用了不同的论证方法，形象地表现了《红楼梦》中人物的性格特点。1981年的版本大致遵循了这一方式，在表达方式、艺术手法等方面都取得了较大的成就。但是与1959年的版本进行对比，还是能发现其中的变化。这些改变根源于作者的研究视角、对人物的感情倾向以及对《红楼梦》主旨的体会和感悟的变化。

贾宝玉是《红楼梦》中最重要的人物之一，蒋和森对其着墨最多。在1959年版的《贾宝玉论》一文中论及贾宝玉时，蒋和森采用了一分为二的论证方法。在分析完贾宝玉的反封建特质之后，指出了其思想上的局限性和贵族公子的软弱性，并对此做了详细的说明。而在1981年版增加的《〈红楼梦〉人物赞——贾宝玉》一文中，只对其鲜明的反封建倾向进行了歌颂："然而，可贵的是：你是一个没有回头的'浪子'！"[1]写作方式的改变是为了突出贾宝玉追求真善美的个人精神特质。

《红楼梦论稿》在语言方面取得的巨大成就，前文已有所提及。而在1981年的版本中，其抒情气息得到进一步加强，情感更加充沛。以《贾宝玉论》为例，1981年的版本在修饰词语上有了一定程度的变化。

1959年的版本：

> 所以，这一时期，有如暴风雨之前的海洋，表面上似乎是云淡风轻，但大气却显得特别的潮湿和具有压力。[2]

> 于是，贾宝玉在荣国府的围墙里面找到了生活的重心，找到了心灵的最大慰藉，找到了人间真正的美。[3]

---

① 蒋和森：《红楼梦论稿》，人民文学出版社，2016，第191页。
② 蒋和森：《红楼梦论稿》，人民文学出版社，1959，第2页。
③ 同上书，第32页。

1981年的版本：

所以，这一时期，有如暴风雨之前的海洋，表面上似乎是云淡风轻，但大气却显得特别的潮湿和窒闷。①

于是，贾宝玉在荣国府的围墙里面找到了生活的重心，找到了心灵的最大慰藉，找到了他所理想的美。②

从以上两处引文的对比可知，1981年的版本对个别语句进行了润色和删改，使用了更准确、贴切的字词，感情色彩更为厚重，但从整体态度上来看，与1959年的版本相比并没有大的改动，文章的整体论述思路和风格也基本没变。另外，作者通过多处标点符号的改动进一步加强了行文的情感和语气，还是以《贾宝玉论》中的句子为例：

就这样，贾宝玉在金光玉色中开始了他的童年，他成了荣国府中独一无二的骄子。（谁能想到，他将有任何的不幸呢？）③

就这样，贾宝玉在金光玉色中开始了他的童年，他成了荣国府中独一无二的骄子。——谁能想到，他将有任何的不幸呢？④

通过阅读以上两处引文我们可以感受到，虽然作者的观点态度没有发生显著变化，但是通过标点的改动，贾宝玉的命运转折得到了强化，因此也进一步深化了贾宝玉命运的悲剧色彩。

---

① 蒋和森：《红楼梦论稿》，人民文学出版社，1981，第2页。
② 同上书，第34页。
③ 蒋和森：《红楼梦论稿》，人民文学出版社，1959，第7页。
④ 蒋和森：《红楼梦论稿》，人民文学出版社，1981，第7页。

曹雪芹善于"量体裁衣",《红楼梦》里的人物都有自己独特的语言体系,读者可以从人物的说话看出其人来。蒋和森也注意到了这一点,在《红楼梦论稿》中使用不同的语言风格来论述与之相应的人物。薛宝钗和贾探春是颇具能力的贵族小姐,但是由于生存环境的不同,贾探春和薛宝钗形成了不同的行事风格和价值观。对此,蒋和森认为贾探春是一个深刻而又复杂的人物形象,其精明能干的背后是矛盾而又复杂的内心世界。基于此,蒋和森使用了含蓄缜密的语言风格来描写贾探春,强调的还是她的悲剧性格;而对于薛宝钗,则写了她的虚伪冷漠、苍凉冰冷,让人感受到薛宝钗是一个不惜以身殉道的、封建主义的彻底追随者。蒋和森的这种写法正如他对曹雪芹的评价:"着墨深微、笔致婉曲,是曹雪芹惯用的艺术手法,他不是采取单线式的简单手法来处理人物。"[①]另外,对于悲剧人物林黛玉的描写,蒋和森极尽悲哀的语调。在《林黛玉论》一文中,他以林黛玉的口吻抒发了她得知贾宝玉和薛宝钗成婚后的心情,充满绝望的描写让读者也感受到了其痛苦:"她的全身像在无边的空茫里飘浮、下沉、散失……是的,一切都失去了;失去了希望、失去了神志,也失去了悲伤和眼泪。"[②]这种对悲痛心理的描写让人感同身受。1981年的版本中对这种悲剧描写做了进一步的强化,将修饰词置换,或者增添感情色彩更加强烈的句子,使文章的感情得到了进一步升华,悲剧气氛进一步增强,因而文章更富有感染力和说服力。

二、研究视角的转变

表现手法的转变在一定程度上影响了文本的研究方法和研究视角。《红楼梦论稿》主要是从审美的、政治和历史的角度来对《红楼梦》进行评价研究的,其中涉及了较多的阶级理论,这是本书的特点,同时也是缺点。1981年蒋和森对《红楼梦论稿》进行增删和续写时,弥补了其中的不足之处。

1959年的版本中,蒋和森的批评视角带有"随分从时"的批判和赞扬,

---

① 蒋和森:《红楼梦论稿》,人民文学出版社,2016,第162页。
② 同上书,第126页。

在某种程度上违背了公正客观的评价原则。1981年修订版中，蒋和森在研究视角上尽力保持公正客观的态度，虽然这在实际操作中是很难完全做到的，但凭借着扎实的唯物论基础，《红楼梦论稿》中增加的篇章大都做到了以典型人物和典型特点为基础，本着"真实"的理念，即便是面对不喜欢的人物作者也做到了客观公正。因此文本呈现出相当的可靠性和确实性。例如，对贾政的描写，1959年版的《略谈曹雪芹的表现艺术》一文中这样写道：

> 在贾政的淫威如此紧逼之下，贾宝玉始终没有求饶，更毫无悔改的表示；但是，他也没有对贾政作出正面的反抗，连趁隙溜到后面去利用有着另一特殊封建势力的贾母来作抵抗，也在贾政的喝禁之下，不敢轻动一步。①

1981年版本《〈红楼梦〉人物赞——贾政》一文中这样写道：

> 他"端方正直"得像一块硬板板的石砚，可是从那上面永远磨不出灵慧的墨水。
> ……
> 在他的身上，思想、感情、行动似乎以一种奇怪的逻辑统一在一起。②

通过对比，可明显看出1959年的版本引用了盛行于当时的阶级斗争理论。在这种思想的影响之下，文本中的人物和故事情节容易被"一刀切"，好坏和善恶往往以阶级立场判定，而人性和社会背景的复杂极易被忽视。这是文学的不幸，更是时代的不幸。文学批评缺乏独立的思想，典型人物被标签化，即便是深谙美学之精髓的蒋和森也没能避免受其影响。

---

① 蒋和森：《红楼梦论稿》，人民文学出版社，1959，第197页。
② 蒋和森：《红楼梦论稿》，人民文学出版社，1981，第151-152页。

1959年版中的《曹雪芹和他的"红楼梦"》一文：

> 这一爱情虽然非常美丽、非常动人，却又存在着许多与生俱来的缺陷。由于这两个爱情的主角都是贵族官僚的儿女，在他们的身上存在着深固的阶段影响，他们对于寄生生活还有着很深的依赖性。因此，他们的爱情虽然是背叛着自己阶级，但又不能离开这个阶级而存在。[①]

1981年版中的《论〈红楼梦〉的爱情描写》一文：

> 当然，声称以"谈情"为"大旨"的《红楼梦》，并不仅仅是一部描写爱情的作品，它的伟大价值也不仅仅是表现在这里；但为什么《红楼梦》中的爱情描写是如此深印人心和富有影响呢？在中国文学史上不可数计的描写爱情的作品中，又为什么独有《红楼梦》显得如此不同凡近而给人以深思的力量呢？
>
> 这固然是因为，爱情描写在这部作品中占有很重要的地位；但更主要的还是：《红楼梦》的爱情描写，写出了非常丰富、非常深刻的内容——时代的、社会的内容。[②]

通过以上材料，可以看出1959年的版本把宝黛爱情悲剧的原因归结到阶级的局限性上。林黛玉和贾宝玉属于贵族统治阶级，长期的环境熏陶和封建教育让他们对本阶级有了极大的依赖性。虽然他们有了反叛封建社会的意识，但是依然没有完全摆脱阶级思想的束缚。我们不能否认成长环境对人物的人生观和价值观的影响，可是如果将其绝对化，将阶级作为一些事物的根源，无疑是违反了人性和社会复杂性的原则。因而，1981年版中增加的文章

[①] 蒋和森：《红楼梦论稿》，人民文学出版社，1959，第183页。
[②] 蒋和森：《红楼梦论稿》，人民文学出版社，1981，第285页。

在阶级根源的论述上有所减弱，更加重视人性和社会深层次的原因。表现手法的转变和研究视角的转移使作者重新斟酌人物，从而建构新的评价体系，甚至在感情倾向上也需要有所调整。

三、感情倾向的调整

此处的"感情倾向"并不是完全指作者的主观意向，而是指研究视角指导下的感情转化。它立足于作者的研究视角和理论积累，在某些状态下可以说是区别于研究者主观情感的独立存在。人物评价的研究视角本身就很难做到绝对的客观，并且思维方式的变化也对研究视角的变化有着重要影响，因而也会左右对人物的评价。

在1959年的版本中，蒋和森表达了自己对红楼人物的整体态度："在这里，人，不是变成喝血的野兽，就是变成供作驱使的牲口。谁都想把别人推开，给自己让出一条道路；谁都害怕被踩在别人的脚下，或者是让别人插进一只手来。"[1]蒋和森把人物形象进行两极分化，而阶级立场则是唯一的划分依据。这种对人物整体评价的立场在1981年版的新增文章中发生了转变，取而代之的是对复杂的人性的分析："作家的是非爱憎并不作主观的浮浅的表露，常常是深含在客观的形象内里。一切，让活生生的形象去说明，去展现；这就是曹雪芹的现实主义特色，同时也是他对真的艺术理解。"[2]坦白而言，此时蒋和森认为曹雪芹是遵循现实主义原则，从客观的人物形象中表达主观意念。这是蒋和森理论思想的成熟，是对马克思现实主义写作方式的真正理解。在现实主义的思想指导下，蒋和森采用全方位的视角去评价人物，在褒善抑恶的同时，善于发掘人性的美和社会环境的复杂。此种感情态度的变化在涉及统治阶级的描写方面得到了充分的显现。典型如刻画贾政的文字，不再重复鞭挞他作为统治阶级的无情和残忍，而是分析了他性格的成因，如"不合理的封建制度，就是造成了这样不合理的人"[3]。其余如对王熙

---

① 蒋和森：《红楼梦论稿》，人民文学出版社，1959，第144页。

② 蒋和森：《红楼梦论稿》，人民文学出版社，1981，第276页。

③ 同上书，第152页。

凤、王夫人和操纵宝黛婚姻大事的贾母等的认识，都因为研究视角的变化而进行了全面的重新评价。

至于对曹雪芹的评价，蒋和森的感情倾向又伴随着时代的评价标准而转变。20世纪70年代后的版本在对曹雪芹的评价方面最显著的改变体现在对其贡献的评价上，这种改变是与蒋和森的衡量标准息息相关的。1959年的版本带着浓厚的时代色彩，重点强调的是党的重要作用："只有我们这个时代，为共产党人所创造的时代，才会对这部天才杰作怀着这样大的尊敬，才会使他获得这么多庄严的读者，并且把它从那些恶毒的诋毁和轻佻的玩赏所造成的重重迷雾里解放出来。"①蒋和森认为，曹雪芹被认可得益于共产党开创的新时代。而70年代后的版本则注重对《红楼梦》文学价值的研究："随着时代的前进，这部世界文学杰作，将愈益显示出它的不朽光辉；并从那些恶毒的诋毁、轻佻的玩赏以及繁琐考证、穿凿附会等所造成的重重迷雾里解放出来，而'真正为全体人民所共有'"。②由此可知，时代因素对蒋和森的影响是深远的。

20世纪50年代的中国正处于政治巩固时期，受其影响，文学领域也把对党的赞美放到第一位。这种观点是有道理的。新中国成立，思想文化得以解放，被封建统治者封禁的《红楼梦》才得到认可。但是，一部作品能够被接纳、被传诵还应重点考虑其本身的文学价值和思想意义。

此外，在1959年的版本中，蒋和森认为，相比于其他作家，曹雪芹的笔触触及了"那一社会的细微曲折之处"，并且"鞭挞到那一社会的灵魂"，从根本上"挑起了人们对那一社会现存道德、现存秩序的广泛怀疑"。此时蒋和森主要从《红楼梦》思想意义的角度来对曹雪芹进行认知，从文本的意义而推测作者的思想和价值观。而在1981年的版本中，蒋和森不再局限于由文本而探究作者的思路，而是从作者的思想角度出发，来研究文本的写作方式。从这个角度出发，蒋和森认为曹雪芹在塑造贾宝玉的人物形象时，没有避开

---

① 蒋和森：《红楼梦论稿》，人民文学出版社，1959，第142页。
② 蒋和森：《红楼梦论稿》，人民文学出版社，1981，第163页。

贾宝玉身上的弱点，反而对此进行了恰当的分析。基于此，蒋和森指出曹雪芹的思想境界高于贾宝玉，并认为"贾宝玉不等于曹雪芹"，贾宝玉在某些方面代表了作者的思想情感和价值观，是小说中的典型人物形象。把曹雪芹的思想高度和贾宝玉进行对比，基于蒋和森接受了当时的艺术品鉴的研究方法，这种观点在当时是较为先进的，是对自传说和考据方法的否定，是红学研究的进步。

另外，蒋和森认为曹雪芹的个人弱点在于其"没落阶级的伤感"情绪，悲观主义让他看不到生活的光明，加上贫民生活的体验，让他看不到时代的曙光，因此对旧世界进行了毫不留情的批判。蒋和森认为，这是具有民主意义的，而曹雪芹正是《红楼梦》中唯一的"新人"，是封建社会"最后、最成熟"的天才。这种从曹雪芹的思想观念出发来研究《红楼梦》的方式在当时是颇具眼光的。

四、主题认知的升华

对人物和思想意义进行分析的最终目的是加深对文本的认知。蒋和森在《曹雪芹和他的〈红楼梦〉》和《〈红楼梦〉引论》两篇文章中论述了《红楼梦》的主题思想，并且在品评人物时也涉及了对主旨的解读。在1959年的版本里，蒋和森认为反封建是《红楼梦》的主旋律，《红楼梦》有一个照耀全书的主题思想，这就是前面所说的反封建主义。文本中所有的描写都是为这个主题思想服务的，不论是爱情描写、贾府兴衰还是关于人物性格的刻画。而在1981年的版本里，蒋和森认为不能简单地定义文章的主题，因为"作为一部广阔地反映封建社会的现实主义长篇小说，应当表现出生活的复杂多样及其迷人的外貌，同时又不失其本质；这样才能显示出作品的深刻性和丰富性"[1]。很明显，20世纪50年代的版本是受到了阶级论的影响，而80年代的版本则将注意力转移到对文本的社会意义的探究上。

一部文学作品所反映的社会意义往往不是预先设计的，而是作者在创作

---

[1] 蒋和森：《红楼梦论稿》，人民文学出版社，1981，第345页。

的过程中思想深度的升华，这种思想的深化是伴随着作品故事情节和人物个性的发展而形成的，是不自觉的。如果作者刻意而为之，效果反而会僵硬拘束。《红楼梦》中，曹雪芹明确地表达了文本蕴含的社会意义，这一点可以在不同的研究者那里得到验证。可以说，蒋和森在早期受阶级论影响较为明显，往往会刻意去表达《红楼梦》的社会意义。"文革"结束以后，他开始通过对文本和人物的分析，从而总结《红楼梦》的艺术特点和文学成就。前文所述的切入视角、写作手法和感情倾向是探索作者的写作过程，而作者的写作目的和最终结论则是建立在文本的基础上的。因此，1981年版的《红楼梦论稿》对《红楼梦》主旨思想的探究更为全面、客观。

在关于对刘姥姥的论述上，1959年的版本中，蒋和森把刘姥姥当成一个喜剧人物进行解读，认为不是贾府的贵妇们愚弄了刘姥姥，而是刘姥姥愚弄了贾府的贵妇们，这也符合人物分析的全面性。而1981年的版本并没有止于对封建贵族骄奢生活的披露，而是进一步对刘姥姥这一人物本身进行分析，对她善良的个性给予了深刻的同情。蒋和森在有关刘姥姥的篇章的结尾附上了一段富有赞美意义的论述：

> ……后来贾府破败，刘姥姥曾经患难相助，成为巧姐（凤姐的女儿）的"恩人"。可见，这是一个很善良的村妪。
>
> 一般都把"刘姥姥进大观园"作为对见闻寡陋者的嘲讽，还有的论者把刘姥姥当作"女清客"来责备；似乎都可不必。对那种含着心酸去制造笑料的人间喜剧，我们何不寄予深心的同情和感慨？[1]

在20世纪70年代后的《红楼梦论稿》中，像这样对人物个性特征进行分析且没有阶级偏见的论述开始大范围出现。从这段针对人物个性的论述中，我们可以理解蒋和森对人物形象的新解读。可以说，1959年的版本对人物的分析大都基于对封建社会的痛斥上，局限于探讨封建社会制度对人物造成的

---

[1] 蒋和森：《红楼梦论稿》，人民文学出版社，1981，第178页。

影响和伤害。白盾曾在《红楼梦研究史论》中明确指出，《红楼梦论稿》"在概念的使用上，'封建'与'反封建'的术语用得太多、太滥"①。这里的"封建"与"反封建"术语，其中一点指的就是对人物评论时的极端化。而70年代后的版本则在一定程度上避免了这种倾向，通过个体的经历全面地整体地分析原因。这也是蒋和森在"文革"结束后对马克思主义的理解更为透彻的表现。

在对反封建的阐释中，蒋和森的阐释视角在20世纪70年代后也发生了明显的变化。1959年的版本中只是通过对平常生活的描写，反映封建制度的黑暗，其着眼点主要是封建统治制度对人造成的重重伤害。1981年的版本则增加了一节对荣国府的分析，突出贾府统治者穷奢极欲的特点，并由此总结出贾府衰败的真正原因：

> 封建社会的本质，决定了这个社会不可能持久繁荣，它的许多衰败的因素（如穷奢极侈），倒是常常在繁华中更加恶性发展。《红楼梦》中的贾府，正是典型地体现着这个规律。②

视角的改变带来的是研究重点的转移，因此70年代后，蒋和森对贾府的衰亡有了进一步认识后总结出了新的结论："微尘之中见大千，刹那之间见终古，《红楼梦》非常出色地发挥了这一美学原理。"③

《红楼梦》仅仅是一部小说，不是史书，它并非索隐派所说的影射了历史事实，也不是考据派所主张的"如实描绘"，而是曹雪芹用出色的艺术手法，将贾府作为封建社会的缩影，反映了封建社会的本质现象和典型人物。这其中虽然带有一定的阶级意识，但是从社会学和历史学的角度来讲，这是非常成功的。把社会规律压置到荣国府兴衰起伏的内因研究上，对于进一步地理解文本无疑起到了重要作用。

---

① 白盾主编《红楼梦研究史论》，天津人民出版社，1997，第425页。
② 蒋和森：《红楼梦论稿》，人民文学出版社，1981，第167页。
③ 同上书，第168页。

这种评论重点的转移是受当时文学思潮的影响而形成的。20世纪70年代后的版本对《红楼梦》的历史学和社会学意义做了进一步探究，在对《红楼梦》主旨思想的解析上也有了深度的挖掘。蒋和森在1981年版的《红楼梦论稿》中的《香菱的名字——〈红楼梦〉散论之六》一文的最后，概括性地表达了自己对《红楼梦》主旨思想和社会寓意的理解：

> 曹雪芹通过这个一开始就在书中出现的"薄命女"，提出了时代生活中的一个重要问题——妇女问题，以及与此相联系的其他许多社会问题，从而进一步发挥了《红楼梦》全书的基本主题——反封建主义。①

蒋和森首先分析了香菱的悲剧命运，接着引申出了封建社会的妇女问题。在这段话中，蒋和森首先根据社会学方法论指出了妇女问题是《红楼梦》所要分析的重要问题之一；其次，他也明确指出曹雪芹通过妇女问题表达的对封建社会的批判，甚至进一步升华到了对"人的解放"的呼吁。在2006年的版本中对女性的描绘和论述上，蒋和森不再仅仅局限于研究女性的悲剧命运折射出的封建社会的黑暗面，而是通过将不同年龄、处在不同或相同的生活状态之下的红楼女性进行对比分析。曹雪芹笔下的女性人物形态各异、个性鲜明，即便是性格特点相近的人物也各自有其鲜明的轮廓。基于此，蒋和森指出：

> 刻画人情之深，描摹事态之透，涵盖万象之广大而又出之以平易晓畅的笔墨，尤其是《红楼梦》的不可企及的艺术成就，也是这部作品所以经久耐读而又使人感到"不尽"的重要原因。②

---

① 蒋和森：《红楼梦论稿》，人民文学出版社，1981，第356页。
② 蒋和森：《红楼梦论稿》，人民文学出版社，2006，第36页。

　　前者自然是受20世纪80年代初的新环境的影响，后者的变化归因于90年代后现代的研究方法在《红楼梦》研究上的运用。

　　1959年的版本虽然不认同庸俗社会学的理论方法，但对马克思主义指导下社会学的思想是认同的。马克思主义往往以阶级意识和生产力与生产关系的相互作用为出发点，从社会真理和历史规律的角度对文学作品进行研究。因此，《红楼梦论稿》中不乏"阶级""马克思主义"等常用词语。对于《红楼梦》的主旨思想，"反封建"则是认可度较高的一种观念。对此，在哲学领域颇有研究的蒋和森给予了高度认可，但他过分夸大了阶级的作用和影响力。在20世纪50年代讨论《红楼梦》的主题意义是不可能偏离这一思想来源的，这也是《红楼梦论稿》阶级化色彩浓厚的原因。而在70年代后的文学评论热潮中，政治因素渐渐淡化，文艺鉴赏成为主题。据此，蒋和森摒弃了政治色彩浓厚的语言，也间接地否定了政治强制干预文学的做法。至于对主题思想和人物命运的分析，他也尽可能地从社会、历史以及美学的领域阐释。正是基于这个原因，上文才以香菱为例证——社会学意义上的分析是成功的，这是20世纪50年代的评论体系被推翻后的客观调整。

第六章 《红楼梦论稿》的学术定位及其影响 ≫

　　"特定时代、特定方式"①，社会学为文学批评提供了一种方式，但并不意味着固定于一种模式，使得所有的文学评论局限于这个思维方式。相反，它应该在自身的发展过程中，反思每一个观点的合理性。社会学分析必须能够经过阐释最终回归文本，这个过程离不开读者的检验。而文本在社会学意义上的影响，也因此而形成。从人格思想的判断到社会学意义的生成，对文本进行再评价是不可避免的。毫无疑问，《红楼梦论稿》取得了巨大成就，但是并不是毫无瑕疵的。基于此，本章从社会学的角度出发，专就《红楼梦论稿》中的相关问题进行分析，以期公正地解析它在文学史上的地位和影响。

---

① 朱光潜：《美学批判论文集·维柯研究》，中华书局，2013，第344页。

第一节 《红楼梦论稿》的再评价

受时代和思想的限制，蒋和森的《红楼梦论稿》不可能是完美的。并且对于人物形象的界定问题总会仁者见仁、智者见智，个人的喜好总会对最终的结论造成影响。严格意义上讲，《红楼梦论稿》的主要遗憾不在于此。从社会学的角度来看，所有观点都有其合理性，我们不能固执己见、完全排斥他人的解释。凡是与文本相符合的解释，我们都应当接受社会学范围的内在合理性。《红楼梦论稿》虽然存在许多有待商榷之处，但不同的评论者对人物形象和主题思想的不同理解并非最重要的问题。

一、意义追寻：思想特点和艺术架构

蒋和森明确认为《红楼梦》在思想上存在着比较失败的描写：《红楼梦》的内容中表现出了消极和悲伤的情绪，甚至出现了虚幻的、人生如梦的感慨。为此，蒋和森认为曹雪芹囿于"阶级的局限"，不能找到先进的精神武器来排解对现实的失望，因而会有悲观的思想，这是《红楼梦》的缺憾。

1959年版的《红楼梦论稿》中并没有谈论到《红楼梦》的艺术局限，这方面的论述都是之后增补的，集中在《曹雪芹和他的〈红楼梦〉》一篇中。对于艺术方面的局限，蒋和森明确地说这方面的论述存在"败笔"，他并非指艺术手法不够鲜明，而是说一些艺术手法的使用并不贴切。蒋和森认为，《红楼梦》发展了中国传统小说的现实主义表现艺术，对中国乃至世界文学的发展进步做了巨大贡献，这代表了曹雪芹杰出的艺术才能和深厚的文学素养，甚至可以与世界一流的文学大师比肩。但遗憾的是，在关于人物年龄和季节时令的变化以及一些故事情节的设置上缺乏妥帖之处。蒋和森认为，造成艺术方面的缺陷的原因是曹雪芹遵循的是旧现实主义的创作方法，因此他很难突破传统的写作思路，所以才会出现故弄玄虚之处。

客观地说，如果仅从故事情节的先后发展顺序来看，人物年龄确实应该是由小到大、由早及晚的，但是回顾《红楼梦》的成书过程，我们就会发现其错综复杂的真正原因。对于《红楼梦》的成书，一般存在三种说法，即一稿多改说、二书合成说和剪贴说。一稿多改说是认可度较高的一种说法，赞同这种说法的学者认为《红楼梦》是以《风月宝鉴》为基础创作的，作者保留了其中具有价值和意义的部分，加入了新的故事情节，并将旧材料与新情节重新进行排列组合，使章节得以顺利进展。沈治钧在《红楼梦的成书研究》中对此做了系统的分析和研究。《红楼梦》并非仅仅是"增删五次"，而是经过了多次的修改和增删，修改时间也不仅仅是"十年"，而是几乎占据了曹雪芹成年后的全部时间，直至其泪尽而逝。由于改写的时间较长，修改次数很多，在其没有最终定稿、人物年龄还没有最终确定时，不同时期的抄本流传到民间，这样就造成了人物年龄的不一致。然而，有人对此提出了质疑，《风月宝鉴》的主旨是描写儿女之情，《红楼梦》意在"大旨谈情"，如果将其反复修改和增删并改变主题思想，其难度完全超过了重新创作一部小说。基于此，有人提出了"二书合并说"。持"二书合并说"的学者认为《红楼梦》是曹雪芹用两本小说拼凑而成的，一本是曹雪芹本人的作品，另外一本来自他人，在拼凑的过程中，人物年龄难免出现混乱的情况。然而，"二书合并"的过程同样极为艰难，不亚于"一稿多改"的过程。基于此，有人提出了一种新的成书模式，即"剪贴说"。也就是说，作者在写完《风月宝鉴》之后，又另起炉灶创作一部《石头记》。①孙玉明认为，曹雪芹的《风月宝鉴》和《石头记》是他先后创作的两部独立的小说。在创作《石头记》的过程中，曹雪芹将《风月宝鉴》中的一些故事情节剪贴过来，红楼二尤的故事是其典型体现。由此可见，不管是一稿多改说、二书合成说还是剪贴说，都说明了同样一个事实——《红楼梦》的成书过程不是连续的。在那个机器印刷没有普及的年代，摘抄、合写、修改或是剪贴，势必会造成人物年龄的混乱。因此说，《红楼梦》中人物年龄大小不一，是由于其曲折复杂的成书过程

---

① 中国红楼梦学会编《话说红楼梦中人》，崇文书局，2006，174页。

决定的，而不是曹雪芹故意为之，蒋和森对此缺乏深入的探究。

　　曹雪芹选择使用伸缩性较强的语言描述人物年龄的同时，在季节的设置上也没有完全按照生命年轮和季节转换来描述，春季和秋季的出现频率明显高于夏季和冬季，表明了作者的季节偏向，这与"春恨秋悲"的传统文学相符合，同时也充分体现了《红楼梦》的悲剧意识。可以说，曹雪芹更在意心理和价值意义上的时令，所以难免会与物理意义上的时节相冲突。典型如在关于薛宝钗的生日问题上，作者借王熙凤之口说出薛宝钗的生日是二十一日，后文写薛宝钗的生日在巧姐病愈之后，因为不可能为正月二十一日，只能是二月二十一日，然而，结合后文中的"二月二十二日"，在贾母的安排下，女儿们搬入大观园，薛宝钗的生日也不太可能是二月二十二日，因为作者的叙事一般不会如此紧凑。因此，薛宝钗的生日就出现了前后相左之处。蒋和森认为这是《红楼梦》的纰漏之处，或是修改传抄所致。对于此，笔者认为不尽然。《红楼梦》是一部"批阅十载、增删五次"的作品，其作者曹雪芹亦拥有深厚的文化素养，不可能有如此明显的失误，其确切原因尚待进一步探究。

　　在关于空空道人和神鬼显灵这方面的描写上，蒋和森认为这是作者在"故弄玄虚"，并且"这些地方违背了生活的真实，离开了师法自然这一创作原则"，"在一定程度上破坏了现实主义创作艺术的完整"。①然而，事实果真如此吗？空空道人很明显是作者创造出来的，但是其用意并非故弄玄虚，而是借助石头和空空道人的对话，表明自己的写作内容："竟不如我这半世亲见亲闻的几个女子……亦可消愁破闷……不敢稍加穿凿，至其失真。"②这番议论才是作者的最终目的，而空空道人正是在"小说家言"的艺术设计指导下采取的浪漫主义写作手法的客观表现。渺渺真人和茫茫大士的作用也是如此，意在引出林黛玉和贾宝玉的爱情故事。这种叙事方式是来源于现实生活、采用现实主义笔法论述的。然而在关键点上，作者使用浪漫主义艺术手

---

① 蒋和森：《红楼梦论稿》，人民文学出版社，2016，第298页。
② 曹雪芹：《红楼梦》，人民文学出版社，2008，第1页。

法，展开了想象和联想，虚构出了绛珠仙子还泪的凄美故事，虽然其中折射出了作者思想上的宿命论观点，但是作者用浪漫主义艺术手法总领现实主义描写的艺术创造形成了强大的艺术感染力，带给了读者强烈的冲击和震撼，其良好的艺术特色是值得借鉴的。

另外，蒋和森在艺术手法论述中对涉及的叙述性文字也有相关论述。在关于元春归省中曹雪芹对大观园的布置和景色的描写上，蒋和森认为此类描写"拖沓、平板"。事实上，从文本展开的角度来讲，此类描写并没有违背《红楼梦》的整体叙述方式。《红楼梦》涵盖广阔，叙事论人穿插其中，语言精练，流畅通达，在宏观描写的基础上穿插了一些细致的描述，在整体风格上形成了"淡妆浓抹总相宜"的美感。从这个角度来看，大观园的景色描写与全书的论述格调是不违背的。而其中穿插的文言文性质的文字是由18世纪的文字发展状况决定的，蒋和森认为这是"文言文的残屑"，"破坏了全书明白清畅的白话文风格"①，这种评价是言过其实的，其中偶尔出现的文言文语句是正常的现象，并没有对《红楼梦》的整体语言特点造成不良影响。

二、续书：评论者的斟酌与考量

《红楼梦》的后四十回情况复杂，它并不是独立存在的，其中涉及的观念和故事结局充满了猜测的成分，这些猜测来源于前八十回中文本的暗示。后四十回中，高鹗和程伟元把自己对前八十回的理解融入后四十回的情节发展中。然而，这种"遵循"毕竟是建立在揣测的基础上的，这就导致了诸多问题的出现如后四十回中安排的某些结局与前八十回的线索存在不符合之处。所以，后四十回不能与前八十回呈现出圆融统一的整体，只能说是各种理解的汇集。在这些理解中，有些地方展现了曹雪芹的意图，有些地方则是续作者的主观理解，孰是孰非最终由后来的评论者断定。虽然这在一定意义上存在着某种困难，但也给了评论者阐释个人意愿的空间。这种依照意向斟酌文本的方式甚至不用过多顾虑前人的研究观点，因为续书自身的缺陷让它

---

① 蒋和森：《红楼梦论稿》，人民文学出版社，2016，第297页。

无法过度约束研究者的思维。然而从接受过程的角度来讲，读者对研究者成果的认可程度也主要受主观因素的影响。

一部分红楼人物在后四十回中没有按照曹雪芹的设定得到相应的结局，因而评论者在进行批评时，对续书的甄选就相当重要。《红楼梦论稿》在进行人物评论的同时，还对《红楼梦》中体现出的思想和价值观进行评论，这需要扎实的理论积淀、客观的研究方式和独特的思想立场。基于此，评论者在下结论时，必然需要充足的论据来支持，而不是仅仅用蜻蜓点水式的语言含糊略过。应该说，后四十回是《红楼梦论稿》研究的重要部分。

蒋和森的做法是首先将前后综合起来评议——因为人物形象的结局是首先要考虑的问题，一个没有最终归宿的人物形象是难以让评论者给予客观评价的。在保证人物拥有了完整的结局之后，蒋和森在实际论述过程中又将人物的不同方面进行划分。虽然他在文本上没有过多着墨，但涉及对后四十回的思想研究时，却借鉴了考证派的结论，而后结合自己对《红楼梦》的研究，将后四十回的思想进行统一重组。与前八十回的暗示相违背的观念，他认真地进行批评指正并赋予新的内涵。典型如香菱，蒋和森对其进行条分缕析之后，认为续书作者对香菱的人格和内心世界的分析是准确的，这种分析是实事求是的，在后四十回中，作者的确是按照曹雪芹预设的思路进行描写的。夏金桂到来，香菱受尽了薛蟠和夏氏的折磨的描写更是其典型体现。但他同时指出续书作者对香菱结局的理解是不正确的，是对曹雪芹原意的曲解，"它不仅违反了生活的真实，同时也使这一人物形象无论在思想上和艺术上都大为减色，从而削弱了它所应有的动人力量"[1]。这种理解和更正是非常中肯的，后四十回中，夏金桂恶人恶报，自取灭亡，香菱被扶正，因难产而死，这与曹雪芹的原意"自从两地生孤木，致使香魂返故乡"差距很大。蒋和森的批评自然是从自己的理解角度出发的，他立足于文本，忠实于客观事实，因此其结论也较为客观、准确。

在主观理解之外，蒋和森还经常通过人物的性格来鉴别续书的准确与

---

[1] 蒋和森：《红楼梦论稿》，人民文学出版社，2016，第411页。

否。如在关于王熙凤的描写上，蒋和森认为后四十回中黛死钗嫁处理得非常到位，宝玉宝钗成婚，宝黛钗的命运发展与前八十回的暗示相吻合。蒋和森在论及后四十回"调包计"的始作俑者时，提到这些计谋出自王熙凤，认为王熙凤处处讨好贾母，时刻依照贾母的意愿行事。蒋和森认为"后四十回在这方面的描写基本上是合乎这一人物性格的，也是有艺术水平的"[①]。对于蒋和森的这个结论，笔者不敢恭维。首先从前八十回的线索来看，薛宝钗是希望得到贾府少奶奶的位置的，"好风凭借力，送我上青云"是最好的注解。而这对作为管家的少奶奶王熙凤是一种极大的威胁，事实上她的内心是非常抵触薛宝钗进贾府的。在后四十回关于宝玉成婚的景象描写，透露给读者的信息却是王熙凤一手策划了"调包计"，将林黛玉替换为薛宝钗，王熙凤亲手促成了宝玉宝钗的婚姻，这是不符合逻辑的。另外，后四十回虽然在黛死钗嫁的情节设置上非常成功，但是把元春之死、贾府失势也紧密穿插在宝玉宝钗成婚之前，虽然符合"大故迭起"之说，但是未免过于戏剧化而导致缺乏真实性。此外，傻大姐再一次担任了无意间"传达信息"的角色，后四十回作者通过傻大姐的言语，传达给了林黛玉关于贾宝玉和薛宝钗成婚的信息，这很明显是对前八十回的模仿和复制，一如续书中多次出现的"鬼神显灵"的桥段，创新之处不足，颇具邯郸学步之感。因此，关于续书中贾宝玉和薛宝钗成婚的片段，尚且有待进一步斟酌。

当然，最能体现蒋和森对续书态度的文章还是《林黛玉论》。在传统意义上，中国的古代小说习惯于在故事发展的初期阶段就埋下线索，从而预示故事的发展方向和人物命运。例如《水浒传》在故事开始之前就通过开篇词预示了梁山好汉的命运，"俊逸儒流""笑看吴钩"意指以宋江为代表的读书人满腔热血，立志忠贞报效祖国，奈何生逢末世，最终只好走向梁山。他们行侠仗义，看似人生有了转机，"讶求鱼缘木，拟穷猿择木，恐伤弓远之曲木"[②]，他们最终仍然没有逃脱帝王的陷害。《红楼梦》在通过诗词预示人物命运之外，也善于通过一些神话故事来暗示人物的命运。林黛玉是由绛珠仙

---

① 蒋和森：《红楼梦论稿》，人民文学出版社，2016，第32–33页。
② 施耐庵：《水浒传》，四川人民出版社，2020，第1页。

子幻化而来，来人世的目的是为了还泪，这也把林黛玉日后的命运提前告知了读者，笔者在前文中对这种浪漫主义创作手法进行了分析。另外，前八十回中的秦可卿对王熙凤托梦的描写、贾宝玉梦游太虚幻境的描写都是对故事结局的预示。在《红楼梦》中，浪漫主义艺术手法和现实主义的完美结合得到了生动的体现。然而，续书中出现的类似情节和表现方式却没有这么自然。第九十四回妙玉扶乩，得仙书一封，暗示了宝玉的来历和去向，这种描写带给读者的感觉不是浪漫主义带来的美感，而是东施效颦、形而上学之感。仅从意义上来讲，曹雪芹将《红楼梦》中主要人物的命运用颇具浪漫主义色彩的神话故事暗示出来，与故事的结局遥相呼应，这是曹雪芹在叙事方面的创新，充分展示了曹雪芹杰出的艺术才能。读者在得知最终结局的情况下依然能够继续研究作品，也充分证明了这种写作方式的成功。关于林黛玉的最终结局，读者很容易就能想象到是悲剧，问题在于，从繁花似锦的大观园到凄惨死去，这期间发生了什么，具体要经历怎样的转折和变化，这才是真正体现续书作者的艺术才能之处。

　　蒋和森对于这个问题是了然于胸的，他在《林黛玉论》中评价后四十回："尤其在爱情悲剧的处理上，表现了相当出色的艺术才能。"①遵循曹雪芹和后四十回的思路，蒋和森以个人的研究视角为基点，将每一个情节和过程都进行了细致的分析。整体来说，蒋和森认为高鹗对林黛玉的个性描写是成功的，他对王熙凤设奇谋之后林黛玉的反应和语言做了细致的回顾，以此来分析林黛玉面对"人生风暴"的态度。从傻大姐对林黛玉透露宝玉成婚的消息，到黛玉绝望而死，蒋和森泼墨甚多。与其说是被高鹗的续书感动，不如说是为他钟爱的林黛玉的命运痛心。总之，对于后四十回与前八十回的情节发展相符合的观念，蒋和森是非常认同的。对于后四十回中被大多数人诟病的林黛玉支持贾宝玉学习八股文、走仕途经济道路的颠覆性观点，蒋和森没有提及。笔者认为，并非蒋和森不能分辨其中的利弊，而是对于这种显而易见的失误，没有必要进行重复性说明。整体是非的权衡，才是蒋和森研究的重点。

---

　　① 蒋和森：《红楼梦论稿》，人民文学出版社，2016，第124页。

第二节　《红楼梦论稿》地位的"界定"和"阐释"的影响

一、"界定"：定位与回顾

《红楼梦论稿》在红学史上的地位被"界定"为"当代红学领域代表作之一"[①]，而蒋和森被认为是红学界最富有激情的学者，"在红学界只有他从《红楼梦》中看到了诗，听到了音乐"[②]。以上定位强调了两方面的内容：一部具有代表性的当代红学专著和具有美学鉴赏视角的红学著作。这个"界定"精确地指出了《红楼梦论稿》在红学界的地位。随着时代的发展，这种界定会多少有些变化，但是其中要点是不变的。不论哪种形式的文学作品，其具有代表意义的价值和性质就是这样被"界定"着。当读者在刚刚接触一部文学作品时，首先了解到的是它的各种被前人界定的地位和特点。这种"界定"是研究者对作品的理解，带有鲜明的时代色彩，具有高度的概括性。在感性主义者的理念中，"界定"和"存在"是两种不同的概念，也就是说界定不能将研究对象的所有方面完整地概括出来。阅读者的认知应该是对客体的直观反映，而不是对前人"界定"概念的二次认识。虽然本书较为重视研究的立场和视角，但事实上并不存在绝对的立场，因为批评者在分析的同时就已经开始了对文本的探讨。从这个角度来看，我们挖掘一部文学著作的意义，绝对不是仅仅在前人界定的范围内进行研究，而是对文本本身进行分析，由实践而得出自己的结论。只有这样从直观上切入，将作品带给我们的初次印象记录并进行分析，才能真正理解其中的学术意蕴和审美价值。

从学术的实况来看，"定论"从来都不是一个精确的注解。当对一门学问

---

① 何永康：《皓皓之白　察察之身——在纪念蒋和森先生诞辰75周年暨江苏省红楼梦学会2004年年会上的讲话》，载江苏省红楼梦学会编《红学论文汇编》2004年第1辑，第5页。

② 雨虹：《蒋和森学术讨论会在京举行》，《红楼梦学刊》1996年第4期，第48页。

的探讨达到一定深度以后，对研究本身的方法和过程的讨论就会随之而来。这种带有反思性质的研究同样重要，是跳出陈旧的套路、开拓新的研究范式的重要途径，也是学术进步的必要条件。只有方法和观念不断地进行更新，学术研究才能与时代同步，进而开拓新境界。对于文学社会学来说，随着社会的发展和进步，人们对文学与社会、文学与历史关系的理解有了进一步的深化，对文学反映的社会规律有了更深入的认识。随着时代的进步和发展，社会学的研究方法在文学方面的应用越来越广阔。为了让文学的审美价值获得更为广泛的社会应用，研究者们就有必要对研究对象不停地进行解构和建构。在漫长的文学史上，对研究对象进行重新定义的情况比比皆是。在特定的社会历史环境里被认为准确无误的问题，经过时间的洗礼和沉淀，极有可能被推翻或否定。因此，研究者在探究一部文学作品时，务必将其放在特定的时代环境中进行剖析。《红楼梦》也是如此，对《红楼梦》进行研究的论著亦然。

把一本书当作客观对象进行研究的学者，在中国文学史上并不少。中国历史上对传统经学、史学和子学的研究源远流长，其著作不胜枚举。魏晋南北朝时期的《礼记正义》、隋唐时期的《五经大全》、清代的声韵学和训诂学等都是对经学源源不断的研究；从两汉时期扬雄的《孟子注》、程曾的《孟子章句》，到唐朝陆德明的《经典释文》，再到北宋苏辙的《孟子解》等，都是对孟子思想的经典注解；西汉司马谈的《论六家要旨》，刘歆对农家、纵横家、杂家、小说家的拓展都是对子学的补充发展。与上述主流思想不同，红学既不是儒家经典，也不是正统思想提倡的学问，《红楼梦》没有对封建统治者歌功颂德，反而处处揭露封建社会的黑暗。此外，《红楼梦》是一部小说，在封建社会里小说在文学史上是没有社会地位的，虽然在明清得到了一定程度的发展和繁荣，但是依然不能与传统文学样式相提并论。虽然在新文化运动以后，小说的社会学意义被认可，但是一部小说单独成为一门学问是非常难的。红学正是这种奇特的存在，经历这么多年，甚至传播到海外，依然长盛不衰。

然而，如果我们仔细研究红学发展史，就会理解这一奇特现象的发生自有其合理性。自产生开始，《红楼梦》就与政治结下了不解之缘。虽然研究者尽力避开政治的影响，但我们不能不承认曹雪芹将他的满腹怨恨和不得志的痛苦淋漓尽致地挥洒在了《红楼梦》中。对于《红楼梦》的研究，索隐派的研究方式影响深远，但一成不变的思维模式久而久之失去了吸引力；胡适的《红楼梦考证》给红学界注入了新的暖流，从被肯定到受到质疑，滚滚的红学思潮一再翻腾；最终被广泛认可的，是对《红楼梦》进行艺术品鉴的作品。从王国维的《红楼梦评论》到王昆仑的《红楼梦人物论》，《红楼梦》的鉴赏逐步走向成熟。《红楼梦论稿》以其独具特色的诗性研究视角为红学鉴赏研究开拓了新的方向，理性分析和感性叙述的结合让红学研究摆脱了僵化的理论方式，达到了新的高度。

二、"阐释"：理论基础和学术态度

《红楼梦论稿》在红学史上掀起了重重涟漪，对红学的发展进步起到了重要作用。传统上占据统治地位的评点派、索隐派和考证派都是建立在古典的文学理论基础之上进行的研究。自王国维的《红楼梦评论》开始，《红楼梦》与西方的美学和哲学观念开始联系起来。后来以蔡元培为代表的索隐派和以胡适为代表的考证派占据了红学研究的主导地位，一是因为传统研究方法根深蒂固、深入人心，二是因为王国维使用了西方的悲剧哲学进行阐释，带有严重的唯心主义色彩。后来深受其影响的王昆仑的《红楼梦人物论》虽然对其不足之处进行了弥补，但是多少保留着宿命论的残余。20世纪50年代"批俞运动"结束以后，社会—历史批评应用于红学的分析和研究，评红的方向和观点开始逐渐转变。马克思主义唯物论的普及和应用，也为《红楼梦》的研究提供了理性思维和理论基础。在新的理论范式指导之下，大批新的评红著作涌现出来，吴组缃的《论贾宝玉的典型形象》，刘大杰的《红楼梦的思想与人物》，李希凡、蓝翎的《红楼梦评论集》，何其芳的《论红楼梦》等是其中的典型代表。他们侧重于研究《红楼梦》的思想成就和艺术特点，重点对《红楼梦》描写人物和叙事的方式进行分析研究。这些分析和论述无疑是值得肯定的，但论证过程以理论为基础，因此不免生硬，缺乏趣味性。

从某种意义来看，蒋和森的《红楼梦论稿》在一定程度上弥补了这种遗憾。

《红楼梦论稿》摆脱了传统意义上治学方法的束缚，用美学的眼光审视古典小说，以作品本身为出发点，以马克思主义美学理论为指导，采取唯物史观的研究方法，通过对小说中人物形象和故事情节的分析，达到对《红楼梦》中心思想和艺术特色的完整理解。德国文艺理论家歌德曾说过，真正的艺术品是包含有自己的美学理论的，并且能够为人们提供判断优劣的准则。蒋和森凭借文学家的情怀和哲学家的思辨能力，准确把握了《红楼梦》中的人物形象和思想寓意，在公正客观的研究前提下，对原著中的人物和思想进行分析评判，批评中包含着理解和同情。此外，受益于蒋和森出色的文学功底，《红楼梦论稿》在1981年及之后的版本中也没有受到庸俗社会学的干扰，这也是该著作至今能够在文学界产生影响的重要原因之一。

从整体上看，蒋和森的研究视角可归纳为：以生活的真实和人性之美为出发点，立足于现实生活的人物和环境，从唯物论的观点把曹雪芹的写作背景、人物形象的"真实"心路过程列在考虑范围，以此为着力点对每个人物形象和思想意识进行细致的剖析。本着对《红楼梦》反封建主题的认同，蒋和森即使面对反面人物也没有对其进行过度的批判，他始终围绕"万物受封建思想荼毒"的评论态度，最大限度地分析在封建思想统治下，人性被扭曲、亲情被蹂躏的罪恶社会，而不是对人物个体进行鞭挞。在1981年及之后的版本中，蒋和森虽然在人物鉴赏领域对《红楼梦》进行了重新解读，在发现更多的人性之美的同时，依然保留了对人物最大限度的客观评价。由此可见其卓越的文学造诣。

与同时代的评红著作相比，蒋和森能别具一格，用散文诗话的语言来表达《红楼梦》的人物特点和思想内涵，这是非常难得的，许多同时代的红学界的学者也深受其影响。何其芳的《论红楼梦》和刘大杰的《红楼梦的思想与人物》早于《红楼梦论稿》问世，内容主要是对《红楼梦》的思想和人物进行评价，但就其语言色彩和思辨深度来说，则稍逊于蒋和森的作品。周中明的《〈红楼梦〉的语言艺术》、袁世硕的《〈红楼梦〉在中国现实主义文学发展中的地位》针对《红楼梦》的语言和现实意义进行了专门研究，深入浅出、条分缕析，与《红楼梦论稿》的综合性论述相得益彰。

20世纪70年代后，小说批评派蓬勃发展，美学的和历史的批评再次显示出其强大的生命力。对《红楼梦》美学的阐述论著相继问世。如苏鸿昌的《论曹雪芹的美学思想》（1984）、王昌定的《红楼梦艺术探》（1985）、白盾的《红楼梦新评》（1986）等。尤其是苏鸿昌的《论曹雪芹的美学思想》，对《红楼梦》中蕴含的人性之美进行了评价分析，其受《红楼梦论稿》的影响是非常明显的。蒋和森通过优美生动的语言，对《红楼梦》的思想和艺术手法进行了细致的分析，并运用唯物史观的客观、理性思维，对人物形象和故事情节的深层寓意进行探究，对后来的《红楼梦》鉴赏产生了重要影响，是一部非常有价值的作品。

囿于时代和思想的限制，蒋和森的《红楼梦论稿》当然不是完美的。事实上，从目前的角度来看，蒋和森的《红楼梦论稿》在续写前后具有不同的侧重和意蕴，但这些差异并非存在本质的不同。一种理念的形成背后自有其复杂原因，历史—美学由概念到全面的贯彻与社会的整体文化氛围和思想状态是密切相关的。客观说来，马克思主义唯物论作为一个客观理性的理论，对小说批评的发展起到了较大的促进作用。在它的引导下，研究者对作品的产生背景、作者的生活背景和思想背景得以进行深入的解读。这在一定程度上补充了传统文学研究方法的不足。

以上主要从《红楼梦论稿》的思想和艺术特点、《红楼梦论稿》对《红楼梦》后四十回的态度、《红楼梦论稿》在学术界的影响及其理论基础等方面分析了《红楼梦论稿》的学术地位。伴随着理论的更新和时代的发展，批评者的眼光也会逐渐发生改变，自然影响着对《红楼梦论稿》的整体评价。但是，无论学术环境如何变化，《红楼梦论稿》始终在红学史上占据着重要的位置。在漫长的红学发展史上，红学著作浩如烟海，而《红楼梦论稿》恰如高悬在文学世界中的一轮明月，陪伴着热衷于《红楼梦》的学者与读者。事实上，即使如今探讨《红楼梦》人物、思想的篇章和论著遵循了新的理论，但从影响力来说，却很难与《红楼梦论稿》相抗衡，而这也正是经典著作彰显的价值之处，值得我们进一步研究、探讨。

结　语 ≫

　　林语堂说：在艺术作品中，最富有意义的部分即技巧以外的个性。所谓"技巧"，往往是指文艺学家刻画人物、描摹社会环境所使用的研究视角和表达技巧，任何一种文学艺术，都有其对应的表达方式和表现手法。文艺工作者就是在这些艺术方式的指导之下，创作出概括性和代表性较强的作品。文艺技巧的作用主要表现在对研究对象的甄选、感情的浸透、表达方式的建构以及辞藻的使用等方面。艺术中的个性是以艺术家的人格个性和心理特征为前提的，这些特征影响着文学作品的风格和形式，是作家的审美观和气质特征的典型表现。富有个性的文艺作品正是以此为关注点，兼具美学和文学意义。因此，丰富的艺术技巧和典型的艺术个性才是艺术作品引人注目的重要原因。

　　可以说，蒋和森对《红楼梦》的品评着重强调了其中的个性理念，他透过通俗角度的叙述和描写方式论述了红楼人物的性格特点和形象轮廓，在此基础上进一步对其中的典型特征做重点解读。这并不代表他没有继承传统的批评理念，他在《红楼梦论稿》中对社会形态和人情世故的描绘正是体现了对传统人情小说写作方式的继承。在此基础上，他善于解剖人物个性，并把人物与复杂的社会关系关联起来，从而分析人物个性背后的社会和历史原因。蒋和森所描绘的红楼人物没有单纯层面的好与坏，他认为曹雪芹笔下的每个人物都有其独特的一面——哪怕同是苦心钻营的底层人，袭人和赵姨娘之间仍然存在着明显不同；即便同处在上层统治阶级，王夫人和邢夫人之间也大相径庭，处事风格和行为方式迥异。蒋和森在分析人物鲜明个性的同时，也指出了曹雪芹塑造此类人物形象的良苦用心。小说中的人物具有典型性和复杂性。蒋和森明确指出这些人物的复杂的个性特点和最终结局正是《红楼梦》突破传统小说思路的具体表现，也是《红楼梦》的个性所在——现实主义的写作手法展示的现实主义社会和环境。

此种立场在特定历史时期掺杂了不同程度的政治色彩。20世纪50年代中后期到60年代初期，由于政治气氛的紧张和社会运动的纷繁复杂，文艺理论也笼罩了一层"左"倾思想的面纱；在涉及人物形象的塑造和分析时，仅探究人物形象的共同特点，并且进而将人物形象的典型意义停留在整治范围，从阶级斗争的角度研究人物之间的社会关系；把典型人物形象与阶层等同起来，将文学研究和创作作为政治斗争的武器。在这种社会文化背景影响下，关于《红楼梦》思想价值观的研究也深受影响。在这种环境下，相关学者也仅仅从阶级对立的角度对《红楼梦》的文艺思想进行研究，更严重的是，这种研究角度本身的单调和证据的空白让艺术形象失去了整体性，让学者们各执一词，最终难以得到可靠的结论，自相矛盾之处颇多。在当时的社会背景下，蒋和森不自觉地强调了《红楼梦》的"阶级性"。事实上，《红楼梦论稿》在"文革"结束后的版本中仍有"阶级划分"的情况，蒋和森在1959年的初版本中把所谓的"阶级阵营"理论进行了固化，甚至成为《红楼梦》的主要意义之一。这样一来，对《红楼梦》的人物评论自然地受到影响，这在有关薛宝钗、贾政的篇章中表现得非常明显。当然，"文革"结束后的续写版虽然在价值观、研究视角等方面进行了一定程度的调整，在一些人物评论方面的态度也逐步倾向于和缓，情感观念有所转移，整体上对《红楼梦》的理解和认知有了较大幅度的提升，并且对《红楼梦》的美学意义进行了全方位的探索。典型表现在《红楼梦引论》一文中，他在分析《红楼梦》的思想价值时，加上了《红楼梦》蕴含的美学哲理，透彻分析了《红楼梦》与传统的小说不同的一面。与此同时，他也探究了人物形象折射出的人性美，在美丽走向消亡的背后是社会和历史的错综复杂，美好和灭亡所形成的鲜明对比正是《红楼梦》动人心魄之处。诸如以上种种论点无疑是合乎道理的，对红学研究的深度和广度产生了积极的影响。

最后，《红楼梦论稿》是极具代表性的红学批评派著作，它所采用的研究视角和美学思想对红学的研究和发展产生了积极的影响。即便如此，不管运用多么前卫的方法论和研究视角，文学批评都不可能在表达立场上做到绝对的公正。社会—历史方法论固然给文本注入了新的血液，然而伴随着时间的推移，新的世界观和思想必然会让这种光辉逐渐褪色。在这种状况下，文本自身就成了研究的出发点和着力点。探究一部学术论著，倘若仅仅从思想内容的角度去观察，那么就会平庸无奇。另外，从文学评论的立场探究作品的影响，存在着客观上的困难。原因在于它不同于具有明显演进脉络的索隐派和考证派，它们的研究结论都是建立在清晰的客观事实之上，因而能够从研究成果解析其影响。文学批评派侧重于探索文本本身，善于发掘文本中蕴藏的作者的主观思想，作者的思想基础和主观感情都会左右最终的结论。从结论出发，研究者难以探索出相应观点的逻辑和思路。因此，本书从社会—历史学的角度分析描绘了《红楼梦论稿》的理论根源，从而明确它在学术界的地位。探求意旨，目的是将不同的思维方式融会贯通，最终实现不同观念的互通有无。从这个角度来讲，蒋和森的《红楼梦论稿》事实上也是从思想和人物的剖析中探求与《红楼梦》的沟通。蒋和森并没有把自己的价值观和世界观生硬地套用到文本中的人物身上，而是站在观察者的角度探究他们的典型性格，他总是从文本人物的角度去思考问题，纯洁而朴实的人物固然不能与污浊的世俗相适应，但是那些投机钻营、与世沉浮的人物也难以有好的归宿。蒋和森在对人物进行评论的同时，也深受曹雪芹的情绪影响，字里行间充满了不平和哀怨，然而他并没有一味地悲观和控诉，而是尽力发现并且歌颂生活中的美。这也是《红楼梦论稿》能够历经岁月洗礼而依然经久不衰的原因。

目前，各种针对《红楼梦》思想价值和人物形象进行评议的论著数见不鲜，然而不管是从思想意义还是理论深度来看，能与蒋和森的《红楼梦论稿》相提并论的著作依然为数不多。从这个层面来看，我们对优秀红学论著的剖析和探索就显示了非同寻常的意义。

主要参考文献 ≫

学术著作

［1］蒋和森.红楼梦论稿［M］.北京：人民文学出版社，1959.

［2］蒋和森.红楼梦论稿［M］.北京：人民文学出版社，1981.

［3］蒋和森.红楼梦论稿［M］.北京：人民文学出版社，2006.

［4］蒋和森.红楼梦论稿［M］.北京：人民文学出版社，2016.

［5］孙玉明.红学：1954［M］.北京：人民文学出版社，2011.

［6］郭豫适.红楼研究小史续稿［M］.上海：上海文艺出版社，1981.

［7］白盾.红楼梦研究史论［M］.天津：天津人民出版社，1997.

［8］鲁迅.中国小说史略［M］.北京：人民文学出版社，2007.

［9］叶朗.中国小说美学［M］.北京：北京大学出版社，1982.

［10］陈维昭.红学通史：上［M］.上海：上海人民出版社，2005.

［11］吴颖.吴颖古典文学论集［G］.香港：天马出版有限公司，2012.

［12］车尔尼雪夫斯基.车尔尼雪夫斯基选集：上卷［M］.周扬，译.北京：生活·读书·新知三联书店，1959.

［13］韩进廉.红学史稿［M］.石家庄：河北人民出版社，1981.

［14］冯其庸，李希凡.红楼梦大辞典［M］.北京：文化艺术出版社，2010.

［15］曹立波.红楼十二钗评传［M］.北京：清华大学出版社，2007.

［16］歌德.浮士德［M］.郭沫若，译.北京：人民文学出版社，1987.

［17］夏志清.中国古典小说导论［M］.合肥：安徽文艺出版社，1988.

［18］刘梦溪.红楼梦与百年中国［M］.北京：中央编译出版社，2005.

［19］何其芳.论红楼梦［M］.北京：人民文学出版社，1963.

［20］司马迁.史记［M］.北京：中华书局，2000.

［21］俞平伯.红楼梦辨［M］.北京：人民文学出版社，1973.

［22］施耐庵.水浒传［M］.北京：人民文学出版社，2002.

［23］林语堂.林语堂文集［M］.北京：群言出版社，2010.

［24］班固.汉书［M］.北京：中华书局，1962.

［25］刘真伦，岳珍.韩愈文集汇校笺注［M］.北京：中华书局，2010.

［26］陈维昭.红学与二十世纪学术思想［M］.北京：人民文学出版社，2000.

［27］曹雪芹.红楼梦［M］.北京：人民文学出版社，2008.

［28］段启明.红楼梦艺术论［M］.沈阳：白山出版社，2009.

［29］游国恩，等.中国文学史［M］.北京：人民文学出版社，1963.

［30］俞平伯.俞平伯论红楼梦［M］.上海：上海古籍出版社，1988.

［31］中国红楼梦学会.话说红楼梦中人［M］.武汉：崇文书局，2006.

［32］梅新林.红楼梦哲学精神［M］.上海：华东师范大学出版社，2007.

［33］何其芳.论《红楼梦》［M］.北京：人民文学出版社，1963.

［34］梁启超.中国清代小说概论［M］.北京：中华书局，1954.

［35］李希凡.红楼梦艺术世界［M］.北京：文化艺术出版社，1997.

［36］马克思，恩格斯.马克思恩格斯全集［M］.北京：人民出版社，1982.

［37］段江丽.礼法与人情：明清家庭小说的家庭主题研究［M］.北京：中华书局，2006.

［38］孙伟科.《红楼梦》美学阐释［M］.昆明：云南大学出版社，2009.

［39］高尔基.高尔基文选［M］.北京：人民文学出版社，2003.

［40］欧丽娟.《红楼梦》人物立体论［M］.台北：里仁书局，2006.

［41］鲁迅.鲁迅全集［M］.北京：人民文学出版社，1981.

［42］王蒙.王蒙活说红楼梦［M］.北京：作家出版社，2005.

［43］李辰冬.李辰冬古典小说研究论集［M］.北京：中华书局，2006.

［44］朱光潜.无言之美［M］.北京：北京大学出版社，2005.

［45］俞平伯.红楼梦研究［M］.上海：上海古籍出版社，2005.

［46］李正学.红楼人物百家言：贾宝玉［M］.北京：中华书局，2006.

［47］张弛.红楼梦中人［M］.北京：中国市场出版社，2007.

［48］胡适.红楼梦考证［M］.北京：北京大学出版社，1988.

［49］朱一玄.红楼梦资料汇编［M］.天津：南开大学出版社，2001.

［50］冯其庸，李广柏.红楼梦概论［M］.北京：北京图书馆出版社，2002.

［51］谭君强.叙事学导论：从经典叙事到后经典叙事学［M］.北京：高等教育出版社，2008.

［52］吴世昌，吴令华.红楼探源［M］.北京：北京出版社，2002.

［53］蒋孔阳.德国古典美学［M］.北京：商务印书馆，1980.

［54］尼采.悲剧的诞生［M］.周国平，译.北京：生活·读书·新知三联书店，1986.

［55］尼采.权力意志［M］.张念东，凌素心，译.北京：商务印书馆，1991.

［56］康德.判断力批判［M］.宗白华，译.北京：商务印书馆，1964.

［57］周国平.尼采：在世纪的转折点上［M］.上海：上海人民出版社，1986.

［58］李醒尘.西方美学史教程［M］.北京：北京大学出版社，1995.

［59］本雅明.德意志悲苦剧的起源［M］.李双志，苏伟，译.北京：北京师范大学出版社，2013.

［60］郜元宝.尼采在中国［M］.上海：上海三联书店，2001.

［61］刘晓明.红楼人物谈［M］.南京：南京出版社，1997.

［62］李锦文.论《红楼梦》人物形象［M］.北京：人民日报出版社，1996.

［63］韦勒克.批评的概念［M］.张今言，译.杭州：中国美术学院出版社，1999.

［64］朱光潜.西方美学史［M］.北京：人民文学出版社，1979.

后 记 ≫

　　蒋和森的《红楼梦论稿》研究是笔者在中国艺术研究院攻读博士期间的研究课题，在导师孙玉明教授的指导下，结合文学、艺术学理论以及《红楼梦论稿》《红楼梦》研究的历史文献资料进行整合研究，回顾梳理了《红楼梦论稿》研究的发展脉络，剖析其形成的社会历史背景、核心观点和对现实研究的借鉴性价值，通过系统阐释当代艺术理念和《红楼梦论稿》研究过程，以期为《红楼梦》作品研究提供新思路和新方向。

　　经典文学名著与当下社会的理论范式和文化语境相辅相成、密不可分。经典文学巨著可以推动社会发展与文化进步，同时当下文化语境也在推动着传统经典文学的重复解读。梳理并分析《红楼梦》的相关研究史料，不仅可以从思想角度去解读经典文学巨著在中国当下的发展、接受过程，还可以从历史的、文学的发展理念出发，更加准确地理解、把握传统经典文学在当下传播机制，从而进一步认识和掌握当代社会发展环境下传统经典名著的解读要素与发展态势。当历史的车轮远去，在社会结构和社会环境快速转型的大背景下，把研读经典和将经典文学解读、发扬光大的热情，仍然让人深受感动。一代代的先贤学者将中西思想理论融合，把传承发扬经典文学、培养新中国的新时代学者为目标，时至今日仍然给我们带来了巨大的震撼。优秀传统文化是一个国家、一个民族传承和发展的根本，如果丢掉了，就割断了精神命脉。党的十八大以来，以习近平同志为核心的党中央高度重视中华优秀传统文化的历史传承与创新发展。党的二十大报告也提出，要增强中华文明传播力和影响力。坚守中华文化立场，提炼展示中华文明的精神标识和文化精髓，加快构建中国话语和中国叙事体系，讲好中国故事、传播好中国声音，展现可信、可爱、可敬的中国形象。因此传承研究传统经典文学，是时代、国家及民族的需要。

而今回首，此书稿重在对《红楼梦论稿》及《红楼梦》的文献史料进行收集整理，在理论探讨上仍有不足之处。尤其是在艺术类院校工作数年，对于艺术理论与文学理论融会贯通的体会更加深刻。文学经典的传承与艺术的表达一脉相承、水乳交融，具体到一部作品、一种样式，在传承方式与理论探索的研究中熠熠生辉，意义深刻。由此来看，也许拙朴的文稿可将我国现当代《红楼梦》及《红楼梦论稿》的探索历程，以及文学家、艺术家广阔深刻的见解展现、表达出来。传统经典文学连接着我国过去的文学精华，也展示着当代的文学艺术走向。希望传统经典的文学巨著永远薪火相传，成为永不磨灭的中华民族精神火炬。

在本书编写过程中，笔者倾注了大量心血。山东工艺美术学院潘鲁生、董占军等校领导策划统筹，本套丛书副主编王任老师协调督促，他们的支持和帮助使这一研究成果得以成书，让更多人分享。山东教育出版社也给予了大力支持，责任编辑董晗、韦素丽在编辑加工等方面做了大量专业、细致的工作，促成本书顺利出版。在此一并表示感谢！

彭文雅

2023年6月